시 죠요

스트
타케

fine with
g the
ond girlfriend.

KB163002

3

olume
three

나는 두 번째 여친이라도 괜찮아

conte

제18화
약하니까
003

제19화
2대1
032

제20화
보리차
059

제21화
같이 망가지자
082

제21.5화
사카이 아야의 졸업 시험
104

제22화
참신한 애정 표현
110

제23화
그 시절로 백 투 더 퓨처
134

제24화
아름다운 아수라
162

제25화
리갈 하이
181

제26화
첫 번째로 좋아해
214

제27화
헤어져!
242

하야사카가 시착실로 들어간 순간.

「나 말고 다른 여자애랑 그러지 마…….」

타치바나는 발돋움을 해 입술을 들이밀었다.

1초도 되지 않을 짧은 키스다.

하지만 똑똑히 목격한 점원의 얼굴은 경악에 물들었다.

그야 그렇겠지. 여자친구가 시착실에 들어간 사이에

가게 앞에서 다른 여자와 키스하다니, 상당히 위험한 남자다.

「난 여친이니까,
덧씌워야 하는 거 맞지?」

「있지, 키리시마, 키스하자.
타치바나랑은…… 했지?」

「사실은 오늘 계속 이러고 싶었어.」

「시로는 내 남친이거든?
이거, 잊지 마.」

타치바나는 원피스를 한 아름 안더니
콧노래를 흥얼거리며 시착실로 들어갔다.

「왜…… 왜 타치바나 남친이란 소릴 해?」
이번엔 하야사카 차례였다.
「키리시마는 내 남친이잖아. 나만의 남친이잖아.」
아예 전제 조건부터 붕괴했지만 하야사카가
그렇다고 하니 분명 그럴 것이다

나는
두 번째 여친
이라도 괜찮아
3
volume
three

제18화 약하니까

방과 후, 타치바나와 함께 돌아가고 있었다.

그녀가 뱉은 숨이 하얗다. 볼도 차가워 보인다. 회색 피 코트, 오프화이트색의 체크무늬 머플러, 겨울과 잘 어울린다. 그러나 ――.

"타치바나, 기분 안 좋지."

"잘 아네."

타치바나는 이쪽을 보지도 않고서 토라진 얼굴로 말했다.

"연인 사이인데 손 정돈 잡으면 안 돼?"

아까부터 타치바나는 자기 코트 주머니에 집어넣은 손으로 옆에 있는 내 손등을 툭툭 건드렸다.

"여기 학교 가는 길이야."

"뭐 어때."

"내가 타치바나 주머니에 손을 집어넣으라고? 좁잖아."

"그게 더 따뜻해."

"보통 남자 코트 속에 집어넣는 거 아냐?"

"시로는 코트 안 입었잖아."

"그럼 내가 코트 입었을 때 잡자."

"끈질기네."

타치바나는 한쪽 눈썹을 치켜세우고 화난 것처럼 몸을 부딪쳤다. 그걸 반대로 밀쳐내며 서로 투닥거렸다.

"손잡고 가자니까."

"잠깐, 서두르면 안 돼."

"시로 손, 추워 보여."

"걱정 마. 난 의외로 혈액 순환이 좋거든."

"궤변 늘어놓으면서 도망치는 거 별로 안 좋아하는데."

"그래도——."

나는 뒤를 돌아보고 말했다.

"관객들이 있단 말이지."

뒤를 걷는 1학년 여학생 집단이 호기심 가득한 얼굴로 이쪽을 보고 있었다.

그녀들의 수다스러운 목소리가 들려온다.

"타치바나 선배, 진짜 귀엽다~."

"변함없이 뜨겁네."

"또 키스 안 해줄까?"

문화제 무대, 커플 대회 역전 우승에서 이어진 타치바나의 열렬한 키스는 커다란 임팩트를 남겼고 지금도 둘이 걷기만 해도 소란이 일어나며 주목을 받는다.

"지금 손잡으면 부끄럽잖아."

"이제 와서 그런 거 신경 쓰지 마."

"그렇게 말한들."

"…………편의점 갈래."

손잡을 생각이 없다는 걸 알자 타치바나의 기분이 더더욱 불쾌해졌다.

나는 타치바나의 비위를 맞추려고 편의점에서 그녀가 좋아하는 찹쌀떡 아이스크림을 샀다. 가게를 나와 걸어가며 건네주려 했지만, 타치바나는 주머니에 손을 찔러넣은 채 받으려 하지 않았다.

그리고 토라진 얼굴 그대로 작게 입을 열었다.

"아니, 그건 손잡는 것보다 더 창피한데……."

나는 또 뒤를 돌아보았다.

1학년 여학생 집단도 편의점에 들러서는 찰떡같이 달라붙어 기대에 찬 시선으로 이쪽을 보고 있었다.

"그럼, 이제 됐어."

타치바나는 고개를 돌렸다.

"남들 눈만 신경 쓰고."

"미안해."

"더 당당한 느낌이 좋아."

확실히 타치바나의 감성으론 이런 어중간한 느낌은 마음에 들지 않을 것이다. 본래 마음 가는 대로 행동하는 돌직구 같은 여자아이이다.

내가 타치바나의 성격을 왜곡시키고 있었다.

"잘못한 건 나구나."

나는 조금 반성했다. 그리고 각오라 할 정도는 아니지만, 작게

결의한 뒤 플라스틱 이쑤시개로 찹쌀떡 아이스크림을 찍었다. 그리고 타치바나의 입가로 옮겼다.

"괜찮아?"

"응. 확실히 남의 눈치만 보면서 이건 되고 저건 안 되겠다 하는 건 좀 아니야. 그리고 타치바나가 자연스럽게 행동해야 나도 좋아."

"그럼."

그렇게 말하고 타치바나는 살짝 볼을 붉히며 작은 입을 열었다.

"아~앙."

"자, 아~앙."

나는 그렇게 말하고 타치바나의 입으로 찹쌀떡 아이스크림을 옮겼다. 다른 하나를 타치바나가 내게 "아~앙." 해서 먹여주었다.

당연히 뒤에서 "꺄~." 하고 기대했던 반응이 날아왔다.

"좋은걸."

타치바나는 만족스럽게 웃었다.

"그럼 손도 잡을까."

나는 그렇게 말하고 타치바나의 코트 주머니에 손을 찔러넣었다.

타치바나는 휘둥그레 놀랐지만, 이내 내 손을 맞쥐었다. 생각보다 손힘이 세서 타치바나가 기뻐한다는 걸 알 수 있었다. 하지만——.

“시로, 더 하자.”

“뭘?”

“좋아하는 거.”

다음 순간 타치바나는 잡지 않은 쪽 손으로 내 넥타이를 잡아당겨 얼굴을 가까이해 키스했다. 겨울 공기로 차갑게 식은 입술을 강하게 밀어붙인다.

타치바나의 유리구슬 같은 눈동자가 이 정돈 당연하지, 그렇게 말하고 있었다.

뒤에서 1학년 여학생들의 커다란 환성이 일었다.

“타치바나, 서비스가 과했어.”

“이 정돈 해야지.”

“연기자 타입이란 말이지.”

아름답고 뭘 해도 그림이 되는 여자아이. 그리고——.

“시로, 뛸까?”

갑자기 그런 소릴 했다. 이유를 물어도 “어쩐지, 그러고 싶은 기분이야.”라고 밖에 말하지 않았다.

타치바나는 주머니에서 손을 빼고 내 손을 쥔 채 달리기 시작했다.

나도 이끌려 달려나갔다. 무슨 일인지 뒤쪽의 1학년 여학생들도 달리며 따라왔다.

영화감독이 “액션!” 하고 외친 것처럼 나와 타치바나의 청춘극장이 영화 필름처럼 돌기 시작했다.

◇

다음 날부터 타치바나는 사양하지 않게 됐다. 전력 돌직구 여친. 등하굣길엔 교문 앞에서 날 기다렸고 쉬는 시간이 되면 내 자리로 찾아왔으며 내 체육복을 입고 체육 수업에 참석해 체육복 냄새만 맡기도 했다.

"다들 바보래."

"남친 바보겠지."

"응."

타치바나는 상쾌하게 웃으며 고개를 끄덕였다.

"나, 그렇게 시로한테 푹 빠진 것처럼 보여?"

"타치바나가 맨 그 넥타이는?"

"시로 거."

"지금 멘 가방은?"

"시로 거."

"지금 뭐 하고 싶어?"

"키스하고 싶어."

우리는 하굣길에 크레이프를 사서 길가에서 먹고 있었다. 타치바나는 내 입가에 묻은 생크림을 손가락으로 닦아내 핥더니 만족스럽게 웃었다.

달리기 시작한 우리를 막을 사람은 아무도 없었다.

스티커 사진도 찍었고 커플 스트랩도 달았으며 공부 모임이란 핑계로 맥도날드로 들어가 결국 줄곧 수다만 떨었다.

자전거 하나에 둘이 올라타 "와~!" 하고 소리를 지르며 제방을 달리면 청춘 극장은 더욱 가속했다.

머릿속에서 록 밴드의 업 템포 곡이 흐르기 시작할 것처럼 흥겹다.

유원지에 가서 관람차도 탔고 카페에 가서 생크림을 잔뜩 올려 파르페처럼 된 커피도 마셨으며 헌책 시장에 가선 조금 지적인 데이트도 즐겼다.

"오늘은 노래방 가고 싶어."

"난 노래 못 부르는데."

"난 시로 노래 좋아해."

그렇게 막상 노래방에 가면 음악이 특기인 타치바나의 단독 무대가 펼쳐졌고 나는 줄곧 탬버린을 두드렸다. 내가 "무슨 탬버린 담당이냐고~." 그렇게 말하면 타치바나는 맥락도 없이 "좋아해." 하고 말하곤 껴안았다.

유성우를 보러 간 날 밤, 어머니 몰래 조용히 아파트를 빠져나온 타치바나는 누가 보더라도 신이 나 최고로 로맨틱하고 귀여운 여자친구가 되었다.

그리고 그 무렵, 타치바나는 여자들 사이에서 인기인이 되어 있었다.

지금까지는 쿨한 외견 때문에 다가가기 힘들다는 이미지가 있었지만, 문화제 무대 사건 이후 사랑에 빠진 평범한 여자아이라는 사실이 밝혀지며 모두가 친근히 대하게 되었다. 여자들은 친밀함을 담아 '남친 애정 과다 여친' 이라며 타치바나를 놀렸다.

'납득이 안 가.'

스마트폰 너머로 타치바나가 말했다.

밤, 나는 침대 속에서 통화 중이었다. 타치바나는 통화 상태로 해놓고 서로의 잠자는 숨결 소리를 들으며 자는 것을 좋아했다.

'다들 내가 질투하는 여친이래. 하나도 안 그런데.'

"타치바나가 콱 째려볼까 봐 키리시마한테 말 걸기 어렵다고 사카이가 그러던데."

'…….'

스마트폰 너머에서 꼼지락거리는 소리가 들려온다. 이불로 몸을 돌돌 말고 토라진 표정을 한 잠옷 차림의 타치바나를 상상했다.

'……질투하게 만드는 시로 잘못이야.'

"나 때문이야?"

'오늘도 여자들이랑 즐겁게 얘기했잖아.'

요즘, 같은 반 여자들이 자꾸 내게 관심을 가진다. 하지만——.

"그거, 타치바나 반응을 보려고 그러는 거야."

여자가 내게 말을 건다. 교실에 온 타치바나가 멀리서 그것을 목격한다. 여자가 날 툭 건드리거나 스킨십을 한다. 보다 못한 타치바나가 다가와 '시로는 내 건데…….' 하고 불안한 얼굴로 말한다. 여자들이 평소와 갭이 느껴지는 타치바나를 보고서 '귀여워~.' 하며 잔뜩 좋아한 뒤 '걱정 마, 키리시마는 타치바나 거니까.' 하고 머리를 쓰다듬으며 위로하기까지가 한 세트다.

'다들 심술쟁이야.'

"사랑해서 그런 거지."

그럼에도 타치바나는 납득이 가지 않는다는 눈치다.

'그럼 말은 해도 되지만 하나만 약속해줘.'

"뭔데?"

'다른 여자가 만지게 하지 마. 시로가 다른 여자랑 몸이 닿는 걸 보면…… 가슴속이 꽉 조여서…… 울 것 같으니까.'

타치바나의 말투가 평소와 달리 절실해서 나도 가슴 속이 꽉 조였다.

"알았어."

내가 여자들 손길에서 도망치면 분명 그걸 갖고 타치바나를 놀릴 것 같은데.

'그럼, 난 이만 잘래.'

"잘 자."

'전화 끊으면 안 돼.'

타치바나는 그렇게 말했지만 '역시 오늘 밤은 끊을래.' 하고 말했다.

'깜빡했어. 오늘은 하야사카 차례였지.'

타치바나의 목소리에선 이미 청춘 여친의 분위기는 사라졌고 완전히 이전처럼 쿨한 분위기로 돌아와 있었다. 그리고 몹시 냉정하게 말했다.

'있지? 하야사카. 지금 거기에.'

◇

왜 하야사카와 같은 이불에 들어가 타치바나와 통화를 하게 됐는가.

이유는 이날 오후로 거슬러 올라간다.

방과 후에 있었던 일이다.

"오늘은 내 차례가 됐어."

구교사 미스터리 연구부 부실로 가자 하야사카가 소파에 앉아 있었다.

"사실은 타치바나 차례인데, 곧 피아노 콩쿠르라 레슨으로 바쁜가 봐."

그래서 나로 바뀌었어 하고 하야사카가 말했다.

"어쩐지 갑작스럽지. 미안해. 멋대로 우리끼리 정해서."

거기까지 말하고서 하야사카는 "아." 하고 말하곤 난처한 듯이 웃었다.

"내가 사과할 필요는 없던가?"

"그래. 더 세게 나가도 돼. 얼마든지 덤벼."

"응. 그러게, 그렇지."

고개를 끄덕인 뒤 하야사카는 살짝 코미컬하게 말했다.

"키리시마, 나랑 타치바나 말은?"

"절대복종."

이것이 세 사람의 약속이다.

문화제 당일, 나와 타치바나가 '나쁜 짓'을 저지르던 걸 들키

고 말았다.

그리고 전말을 알게 된 하야사카의 반응은 예상 밖이었다.

'공유하자.'

하야사카와 타치바나 둘이서 날 공유하자는 말을 꺼낸 것이다.

그리고 타치바나는 그것을 승낙했다. 두 사람이 무슨 생각을 하는진 나로선 알 수 없었다.

어찌 됐든 공유함에 있어 하야사카와 타치바나는 네 가지 규칙을 만들었다.

하나, 키리시마 시로는 하야사카 아카네와 타치바나 히카리의 말에 복종할 것.

둘, 하야사카 아카네와 타치바나 히카리는 평등하게 키리시마 시로를 공유할 것.

셋, 하야사카 아카네와 타치바나 히카리는 서로를 앞지르지 말 것.

넷, 앞지르면 페널티가 있으며, 반드시 그 페널티를 수행할 것.

내게 거부권은 없었고 문화제 마지막 날 이후 나는 그녀들이 지정한 날, 둘 중 한 사람의 남자친구가 되었다.

그리고 오늘은 타치바나의 날이었으나 하야사카의 날로 변경된 것이다.

"그럼 뭐 할까?"

하야사카가 말했다.

"우선 어디 갈지 정해야지."

나와 타치바나가 모두에게 정식 연인으로 인식된 탓에 하야사카와 무언가를 할 때는 꼭 남들 눈을 피해야 했다. 요즘은 같은 학교 학생이 오지 않는 먼 곳까지 나가 데이트를 하고 있었다.
그러나——.
"오늘은 학교가 좋아."
하야사카가 말했다.
"모처럼 키리시마가 남친을 해주는 날인걸. 이동하는 시간이 아까워. 조금이라도 오래 같이 있고 싶어."
"그럼 장소는 여기로 한다 치고, 뭐 할까?"
"게임."
"어떤?"
"손을 잡은 채로 교사 안을 일주하는 거야."
아니 아니, 잠깐만——.
"방과 후라 해도 아직 학생들이 꽤 남아있는데?"
"그러게. 누구한테 들키기라도 하면 난 여친 있는 남자한테 손을 댄 나쁜 여자가 되겠다. 타치바나는 요즘 여자들 사이에서 엄청 인기가 많아서, 들키면 나, 엄청 욕먹을 거야."
나는 바람피운 남자로서 더더욱 욕을 먹게 될 것이다.
"그러니까 게임인 거지."
하야사카는 앳된 표정으로 명랑하게 말했다.
"모두에게 들키지 않게 둘이서 열심히 하면 돼. 두근두근 몰래 교사를 도는 거야."
"아니, 그래도……."
"괜찮아, 진짜로 큰일 날 것 같으면 꼭 손 뗄게."

그렇다면 안전장치는 충분할지도 모른다. 내가 머릿속에서 그 시뮬레이션을 돌리고 있자 하야사카는 장난스럽게 미소 지으며 말했다.

"있지, 키리시마. 나랑 타치바나가 하는 말은?"

"절대복종."

"에헤헤, 나, 키리시마의 그런 점이 좋아."

하야사카와 손을 잡은 채 교사 안을 걸었다. 그 감촉을 즐길 여유는 없었다.

운동장에서 부 활동하는 학생들의 목소리가 들려올 때마다 건너편에서 이쪽이 보이진 않는지 애가 탔다.

"키리시마, 규칙 기억해?"

"괜찮아. 빨리 끝내자."

하야사카가 정한 규칙은 간단했다.

우리 학교에는 신 교사와 구교사가 있고 두 교사를 잇는 연결통로가 동서로 놓여 있다. 손을 잡으며 걷는 것은 2층에서만. 즉 구교사 2층의 미스연 부실에서 시작해 각 교사 끝에 있는 교실 문을 터치하고 사각형으로 한 바퀴 일주하자는 것이었다.

"쉬워. 구교사는 거의 아무도 없고."

"대신 난이도를 하나 높였잖아."

"에헤헤."

하야사카가 부끄러운 듯이 고개를 숙였다. 그녀의 제안대로 한 가지 규칙을 추가했다.

"연결 통로 도중에서 키스한다는 거."

"그치만, 그 정돈 해야——."

그렇게 얘기하던 때였다.

진행 방향에 있는 교실에서 문을 열고 남학생이 나왔다.

"어, 어, 어, 어, 어떡해, 키리시마!"

"괜찮아, 잰 눈이 안 좋거든. 안경 도수가 안 맞아서."

그 남학생은 이쪽으로 고개를 돌렸지만 별다른 반응도 없이 바로 앞 연결 통로로 꺾어서 가버렸다.

"하야사카, 그렇게 불안하면 이런 게임을 안 하면 되잖아."

"그치만……."

하야사카는 토라진 표정으로 말했다.

"나도 한 번쯤은 학교에서 여친 해보고 싶었단 말야. 평범한 고등학생 여친, 키리시마랑 해보고 싶었단 말야."

그런 말을 들으니 그만둘 수 없었다.

하야사카는 나와 타치바나의 학교 공인 청춘 극장을 줄곧 바라보고만 있었기 때문이다.

"2층만 말고 1층도 갈까?"

"그래도 돼?"

하야사카의 표정이 밝아졌다.

"그럼. 그 정도야 별거 아니지."

"응! 고마워, 키리시마!"

나는 하야사카의 손을 이끌고 걷기 시작했다.

창문 밖, 옆에서 바라볼만한 곳에선 딱 평행선이 되어 손은 그대로 잡고서 거리를 두고 그저 나란히 걷고 있는 것처럼 행세했다. 정면에서 보일 것 같을 때는 몸을 앞뒤로 두고 뒤로 손을 잡은 채 지나갔다.

"굉장해, 굉장해, 키리시마!"

하야사카가 기뻐하며 달라붙었다.

"잠깐, 이러면 손만 잡은 차원이 아닌데!"

팔짱을 끼었다기보다는 오히려 거의 껴안았다. 가슴에 내 팔꿈치를 완전히 끼우고 허벅지를 밀착시킨 데다 교복 너머로도 뜨거운 숨결이 느껴질 만큼 얼굴을 가까이 들이댔다.

"아무리 그래도 속이려면 좀 떨어져야 해."

"빨리 연결 통로로 가자~아~."

"듣질 않는단 말이지."

간신히 연결 통로까지 질질 끌고 가 기둥의 사각지대에 몸을 숨기고 미션인 키스를 했다. 하야사카의 어깨를 안고 입술을 몇 초 겹친 뒤——.

"좋아, 가자."

그러나——.

"안 돼, 더어……."

가볍게 입술을 겹친 것만으론 하야사카는 떨어지지 않았다.

눈이 촉촉이 젖었고 볼이 홍조를 띠고 완전히 스위치가 켜졌다.

하야사카는 내가 도망치지 못하도록 까치발로 딛고 서서 목 뒤쪽에 손을 두르고 헐떡이듯이 키스를 했다. 이렇게 되면 어쩔 수 없다. 하야사카의 뜨겁게 젖은 혀가 입으로 들어온다. 내가 혀를 얽자 하야사카가 강하게 빨았다.

달라붙는 그녀의 체온과 부드러운 몸을 느낀다.

"이거, 좋아…… 키리시마, 좋아……."

결국 5분 이상 키스한 뒤에야 하야사카는 내게서 떨어졌다.

입을 떼자 침이 선을 그렸다. 하야사카가 뱉은 하얀 숨결이 몹시 촉촉하다.

"너무 위험하게 놀면 안 돼."

"에헤헤."

만족했는지 하야사카는 방실방실 웃었다.

1층을 돌고 마지막인 신 교사 2층의 직선 복도로 돌입했다.

"쉬는 시간 때 그것도 다 들리거든?"

점심시간, 교실 뒤에서 여자들이 좋아하는 남자 스타일을 얘기하던 때였다.

하야사카에게 차례가 돌아가자 그녀는 커다란 목소리로 말했다.

"난 키리시마가 좋아!"

나는 흠칫 놀랐지만 모두는 오히려 안심한 얼굴이었다. 왜냐하면 키리시마 시로는 타치바나 히카리의 것이었으며 하야사카가 그 키리시마를 좋아한다고 답한 것은 실현 불가능한 상대를 좋아한다고 말해 질문을 피하는 아이돌스러운 수법처럼 보였기 때문이다. 그것은 모두가 기대하는 반응이었고 하야사카는 반에서 여전히 청순 청초한 아이콘이었다.

"고백을 거절할 때도 내 이름 꺼내고 있지?"

즉, 누군가에게 불려 가 고백을 받을 때마다 이런 대화를 나누는 것이다.

'미안해요, 저 좋아하는 사람 있어요.'

'누군데?'

'키리시마요.'

'아아, 타치바나 남친……. 그래, 아무튼 나랑 사귈 마음이 없단 건 알았어.'

이런 식으로.

"그런 거, 안 좋아."

"그치만 사실인걸."

그리고 하고 하야사카는 뾰로통한 얼굴로 말했다.

"나도 좋아하는 사람은 똑바로 좋아한다고 말하고 싶단 말야."

"하야사카……."

그런 대화를 나누는 사이 신 교사 끝에 도착했다. 그리고 마지막 교실 문을 터치하려던 때였다.

"하야사카, 이건 큰일 나겠다."

문 너머에서 마침 누군가 나오려 하고 있었다. 불투명 유리 너머로 대화 소리와 지금이라도 문을 열려는 기척이 전해진다.

"아무리 그래도 이건 안 돼. 떨어지자."

정면에서 맞닥뜨리면 얼버무릴 방도가 없다.

그러나——.

"싫어."

"잠깐, 하야사카?!"

"키리시마 손, 떼기 싫어."

하야사카는 손을 강하게 쥐고, 나아가 그곳에서 움직이려 하지 않았다.

"큰일 난다니까."

"나도 키리시마 여친이란 말야. 나도 좋아한단 말야. 나도 진심이란 말야."

"아니, 공유하게 된 건 전부 나 때문이고 두 사람을 위해서라면 뭐든지 할 생각이지만, 아무리 그래도 이건 하야사카를 위한 게 아니라고 해야 하나 뭐라 해야 하나——."

그런 언쟁을 벌일 시간은 당연히 없었고 무정하게도 문이 열렸다.

그리고 교실에서 나온 것은——.

처음 보는 성인 여성이었다.

그때 하야사카가 놀라며 목소리를 높였다.

"어, 엄마?"

그러고 보니 오늘은 삼자 면담 날이었다. 보아하니 하야사카, 까먹고 있었구나. 그렇게 생각했지만 그런 생각을 할 때가 아니었다.
"아카네, 거기 남자애는 누구니?"
하야사카의 어머니는 우리가 잡은 손을 바라보며 말했다.
"어, 엄마, 저기, 이건, 그게, 저기——."
하야사카는 눈을 팽글팽글 돌리며 대답했다.
"나, 나, 나, 남친! 남친인 키리시마야! 우리, 사귀어!"
이렇게 됐으니 나도 말할 수밖에 없었다.

"안녕하세요, 남친인 키리시마 시로입니다. 잘 부탁드리겠습니다."

그 뒤로는 순식간이었다.
하야사카의 어머니와 대면했다. 자택인 아파트에 초대받았다. 함께 저녁을 먹었다. 이런저런 얘기를 하는 사이 시간이 늦어졌다. 자고 가게 되었다. 홀로 멀리 전근을 가게 되어 부재중인 아버지의 트레이닝복을 빌려 입었다. 취직해 집을 나간 언니분의 방을 쓰게 되어 누웠다. 잠옷 차림의 하야사카가 자기 방을 빠져나와 내가 누워 있는 침대로 들어왔다. 타치바나에게 전화가 걸려 왔다. 이렇게 하야사카와 같은 침대에 누워서 타치바나와 통화한다는 불편한 상황이 만들어진 것이다.
"와 줘서 고마워."

하야사카는 내게 안긴 채 말했다. 베개보다 밑으로 머리까지 이불에 쏙 들어간 채 내 가슴에 얼굴을 묻었다.

"나한테 남친이 생겨서 엄마도 좋아했을 거야."

"그래도, 괜찮겠어?"

내가 타치바나와 사귀는 것은 유명한 얘기다.

"어머니 친구들 경유로 이것저것 듣게 될지도 모르는데."

"어떻게든 될 거야. 키리시마는 이제 타치바나랑 헤어졌다고 말하면 그만인걸."

그리고 하야사카는 이불에서 얼굴을 내밀고 말했다.

"타치바나, 그래도 되지?"

'그래.'

스마트폰 너머로 타치바나가 대답했다.

두 사람은 평등한 공유를 위해 이렇게 이런저런 정보를 교환했다. 정한 것도 많은 듯싶었지만, 내가 아는 것은 적었다.

'방해하는 것도 미안하니까 전화 끊을게.'

하지만 타치바나는 잠시 꼼지락거리더니 머뭇거리며 말했다.

'……저기, 하야사카.'

"걱정 마."

하야사카가 대답했다.

"앞지르기 금지, 잘 알고 있으니까."

'……그럼, 잘 자.'

스마트폰에서 소리가 사라졌다.

다음 순간, 하야사카가 이불 속에서 내 체육복의 지퍼를 내리고 벗기려 들었다.

"자, 잠깐, 잠깐잠깐. 기다려 봐, 하야사카."

"왜?"

"방금 막, 타치바나랑 앞지르기 금지라고――."

"그거, 평범한 연인이 하는 가장 마지막까지만 하면 안 된다는 의미야. 그전까진 전부 해도 돼."

"진짜로?!"

내가 모르는 곳에서 그런 결정이 내려진 모양이다.

"그나저나 타치바나가 용케 허락했네. 마지막까지 하면 안 된다 해도 자기는 부끄러워서 아무것도 못 할 텐데."

"난 키리시마네 집에 못 가잖아?"

우리 집은 타치바나가 먼저 여자친구로 와서 엄마와 친해졌다. 그 때문에 하야사카는 이제 적어도 여자친구로서는 우리 집에 들어올 수 없었다.

"그만큼 타치바나가 양보한 거야?"

"응."

그러니까 있지, 하고 하야사카는 내 가슴팍에 입을 맞추며 말했다.

"아슬하게 마지막 직전까진, 하자."

"아니, 어머니가 건넛방에서 주무시잖아."

"괜찮아, 한 번 잠들면 아침까지 안 일어나니까."

"그리고 언니분 방에서 그런 짓을 하는 건……."

"이제 됐어, 그런 건."

하야사카의 눈동자가 공허해진다.

“왜, 그런 평범한 소릴 해? 우린 벌써 공유까지 하고 있는데? 왜 키리시마 혼자 냉정하게 있으려고 그래?”

“……미안해.”

“사과하길 바라는 게 아니야. 나, 키리시마를 탓하려는 게 아닌걸.”

그렇게 말하며 하야사카는 자신의 잠옷 단추를 풀기 시작했다.

“그때, 나랑 안 해줬지? 하지만 그건 타치바나가 벽장 안에 있어서 그랬던 거지?”

“맞아.”

“내가 매력 없는 여자애라 그런 거 아니지? 키리시마가 날 전혀 좋아하지 않아서 그런 거 아니지?”

“그럼.”

“그러면 그걸 증명해줘, 안 그러면 나, 이제 아무것도 모르겠어. 말은 못 믿어. 나 있지, 요즘 치마도 짧게 줄였어. 그러면 다들 더 쳐다봐 주니까.”

“그런 건 안 좋다니까.”

“맞아. 야한 눈으로 봐서 그냥 싫다는 생각만 들었어. 하지만 안 그러면 모르겠단 말야. 키리시마가 나한테 매력을 느껴주는지 모르겠어.”

“난 하야사카가 매력적이라고 느껴.”

“그러면, 그걸 보여줘. 만져서, 내가 아무런 가치도 없는 여자가 아니란 걸 알게 해줘."

그리고 하고 하야사카가 말했다.

"나랑 타치바나가 하는 말은?"

"절대복종."

좋다. 공유하게 됐을 때, 이런 일그러진 상황을 낳은 속죄로 그녀들이 바라는 건 뭐든지 해주겠다고 결심했다.

나는 머리의 나사를 풀고 하야사카의 가슴에 손을 댔다.

"앗."

하야사카가 달콤한 숨을 흘린다.

잠옷 너머로 그 돌기의 존재를 느꼈다. 그렇다. 그녀가 방에 들어왔을 때부터 눈치채고 있었다. 얇은 분홍색 잠옷, 하야사카는 그 안에 브래지어를 하지 않았다.

손가락으로 돌기를 쓰다듬자 하야사카의 몽롱한 눈동자가 촉촉하게 젖기 시작했고 황홀한 표정으로 변해갔다.

"키리시마……."

곧 어리광을 부리듯이 턱을 들어 올렸다.

나는 그 앵두 같은 입술에 일부러 침 소리를 내며 키스했다. 그 소리에 흥분했는지 하야사카의 몸이 점점 뜨거워졌다. 땀에 젖은 몸에 나도 흥분했다.

손 밖으로 흘러넘치는 커다란 언덕을 부드러운 잠옷의 천 너머로 만졌다. 내가 만지는 것을 따라 재미있게 형태를 바꾸며 하야사카의 몸도 재미있게 반응했다. 돌기는 천 너머로 보기에도 확연히 고개를 들었고 땀으로 피부가 비치기 시작했다. 이불

속 습도가 올라간다.
"키리시마…… 좋아해, 키리시마……."
우리는 옷을 벗겨주며 팬티 차림이 되어 서로를 껴안았다.
"나, 이거 좋아. 키리시마 체온이 느껴져."
"하야사카도 아주 따뜻해."
추운 겨울날 밤, 침대 속에서 서로의 피부를 맞대고 껴안는 것은 각별했다. 정말 혼자가 아니라는 것이 느껴진다. 하야사카의 표정도 이제껏 본 적 없을 만큼 행복해 보였다.
나는 하야사카의 열띤 피부를 만졌다. 어깨, 등, 허리, 속옷 한 장뿐인 것에 흥분을 느꼈다. 허벅지 사이에 다리를 밀어 넣고 우리는 더욱더 달라붙으려 했다.
"키리시마, 이거……."
"저기, 뭐라 해야 하나, 미안해."
"아니야, 남자애는 이렇게 되는 거지? 키리시마가 날 매력적이라고 느껴서 이렇게 된 거지?"
"맞아."
"좋아라!"
하야사카는 내게 달라붙으며 목덜미와 쇄골에 입을 맞췄다.
"키리시마는 나한테 뭐든지 해도 돼. 마지막까지만 안 하면, 내 몸을 마음대로 써도 돼. 응? 마음대로 써줘. 흥분했으면 그걸 부딪쳐줘, 응? 부딪쳐줘."
그 말에 나는 하야사카를 밑에 깔고 가슴을 만졌다. 하야사카가 헐떡였다. 부드러운 피부를 핥았다. 하야사카가 내 그것에 허리를 밀어붙이며 교성을 질렀다.

"하야사카, 소리."

"응."

하야사카는 내 왼손을 집더니 그 집게손가락을 자기 입에 넣고 쪽쪽이처럼 핥기 시작했다. 그렇게 자기 입을 막았다. 내가 가슴의 돌기를 자극하면 하야사카는 몸을 뒤틀며 내 손가락을 강하게 빨았다.

하나 할 때마다 하야사카의 몸이 뜨겁고 부드럽게 변해갔다.

나는 하야사카의 침에 젖은 혀를 손가락으로 잡아봤다.

하야사카는 황홀한 표정으로 소리 없는 비명을 지르며 몸을 맡겼다.

나는 자유로운 손으로 하야사카의 속옷을 만졌다. 하야사카의 그곳은 언젠가처럼 속옷 너머로도 알 수 있을 만큼 뜨겁게 젖었다.

"괜찮아, 키리시마라면 날 장난감 취급해도 돼."

나는 속옷 안으로 손을 넣었다. 하야사카의 그곳은 몹시 젖어 있어 오목한 곳에 손가락을 대기만 해도 멋대로 미끄러지며 부드럽게 움직였다.

곧 야한 물소리를 내기 시작했다.

"싫어…… 부끄러워……. 나, 천박하게……."

그렇게 말하면서도 하야사카는 내 손가락을 강하게 빨고 달콤한 숨을 흘리며 허리를 띄워 손가락에 그곳을 들이댔다.

하야사카의 허리가 움찔움찔 떤다. 손가락을 빠는 힘이 강해진다. 물소리가 점차 격렬히 일며 경련의 간격이 점점 짧아지더니—— 베개에 얼굴을 깊숙이 묻은 하야사카의 온몸이 튀어 올랐다.

여자아이가 자신의 모든 것을 맡겨준 것이 기뻤다.

하야사카는 볼을 붉게 물들이고 입가에 침을 흘리며 축 늘어졌다. 그 너무나도 요염한 모습에 나는 흥분해서 하야사카의 다리와 다리 사이에 몸을 밀어 넣고 짓눌렀다.

하야사카는 완전히 열이 올라 허리를 띄우며 내 거기에 그것을 들이댔다.

우리는 본능에 몸을 맡기고 서로의 속옷 너머로 그것을 갖다 댔다.

"마지막까지 하면 안 돼. 타치바나랑 약속했단 말야."

"알아."

"그래도 하고 싶어…… 키리시마에게 전부 주고 싶어……."

"나도 하야사카를 갖고 싶어."

하지만 우리에게 있어서 타치바나와의 약속은 커다란 존재였기에, 대신 키스를 했다.

"넣어줘, 내 안에 넣어줘."

나는 혀를 하야사카의 입에 집어넣었다.

"더 세게 해줘, 더, 더어."

대상 행위.

내가 혀를 집어넣었다 빼면 하야사카는 소리를 내며 강하게 빨았다.

두 사람의 속옷이 점점 젖는다. 하야사카는 밑에서 날 강하게 끌어안고 내 어깨를 깨물듯이 입을 맞췄다. 그리고——.

"키리시마…… 이거, 너무 좋아. 키리시마…… 굉장해, 키리시마, 키리시마!"

하야사카는 리드미컬하게 몇 번이고 허리를 튕겼다.

그리고 다시 축 늘어진 하야사카에게 키스를 하고 똑같이 반복했다.

우리의 열이 식을 즈음에는, 이미 아침이 되어 있었다.

"소, 속옷 갈아입고 올게."

하야사카는 창피하다는 듯이 앞머리로 표정을 감추며 말했다.

"그리고, 맞다. 엄마한테 들키기 전에 시트도 빨아야지."

그렇게 말하고 하야사카가 방을 나간 뒤, 나는 머리맡에 놓아둔 스마트폰으로 손을 뻗었다.

나 원.

"타치바나, 전화 안 끊었어?"

'…………'

잠시 사이를 두고 타치바나의 목소리가 들려왔다.

'잘 잤어? 시로. 자느라 무슨 일이 있었는진 모르겠는데, 통화 상태로 그냥 뒀었나 봐."

분명 서로 하고 싶은 말은 많겠지만, 밤새 깨어있었던 만큼 제대로 생각이 정리되지 않는다. 그저 나는 줄곧 물어보고 싶었던 것을 하나 물어보았다.

"그래도 괜찮았어?"

'뭐가?'

"공유."

그때 타치바나는 하야사카가 제안한 공유를 수락했다. 하지만 부탁한 것은 하야사카였고 타치바나는 거절할 수도 있었을 터이다. 그러나——.

'거기서 시로한테 누구 한 사람을 고르라고 할 순 없잖아.'

"왜?"

'분명, 하야사카를 골랐을 거야. 시로는 착하니까——.'

거기까지 말한 뒤, 타치바나는 '아니구나.' 하고 말을 고쳤다.

분명, 하야사카를 골랐을 거야. 왜냐하면——.

'시로는 약하니까.'

제19화 2대1

“엥? 신세계로 가려는 거예요?”

하마나미 메구미가 말했다.

1학년 선도부원. 키가 작은 여자아이인데 지난달에는 문화제 실행 위원으로서 함께 일했다. 그녀는 그 문화제에서 무사히 소꿉친구인 요시미와 연인 사이가 되는 데 성공했다.

“지금 공유라고 했죠?”

“그랬지. 하야사카랑 타치바나가 날 공유해.”

“그게 뭔데요?! 들어본 적도 없다구요!”

그렇다, 양다리도 일부다처제도 아니다. 두 여자가 주도해 한 남자를 공유한다.

“셋이서 어디로 가려는 건데요? 그런 데 개척 정신을 발휘하지 말라구요! 사랑의 프론티어 스피릿이냐고!”

하마나미가 절규했다.

점심시간, 구교사 1층의 선도부원이 사용하는 교실에서 있었던 일이다.

하마나미는 우리 사정을 모두 알고 있었고 문화제 무대에선 결과로써 타치바나의 바꿔치기 트릭을 돕게 된 것도 있어 사건의 전말을 신경 쓰고 있었다. 그래서 괜찮다, 아무 신경 쓸 필요 없다고 알려준 것이다.

"아니, 하나도 안 괜찮고 신경 쓰이는 일밖에 없거든요?!"

"그래?"

"그렇다구요!"

하마나미의 날카로운 딴지가 번뜩인다.

"분명히, 키리시마 선배는 파멸하고 끝날 줄 알았다고요. 무섭도다, 사랑의 집착……."

그보다 하고 하마나미가 깊이 생각에 빠진 모습으로 말했다.

"그러면 여자 둘이 손을 맞잡은 거라 남자 입장이 약하지 않아요?"

"그렇지. 그래서 내가 두 사람이 하는 말을 반드시 듣기로 했어."

"키리시마 선배, 그래도 돼요?"

"전부 나 때문이니까."

타치바나와 서로 좋아하게 됐을 때, 처음 한 약속대로 하야사카와의 두 번째 관계를 해소하지 못했던 것이 모든 것의 원인이다.

"그래서 즐겨보려고."

"?"

하마나미는 고개를 갸웃거리며 자기 귀를 몇 번이고 만졌다.

"키리시마 선배, 한 번 더 말해줄래요?"

"지금 애인이 둘 있는 상황을 즐겨보려고."

"…………."

하마나미는 가볍게 스트레칭을 한 뒤 오늘 가장 큰 목소리로 말했다.

"멘탈이 이해가 안 되네!!"

그렇게 말하고 싶은 심정은 이해가 간다.

"얘기가 그렇게 됐어."

셋이서 대화를 나누며 반성회 같은 분위기가 됐다. 나는 내 행동이 원인이 된 점을 사과했고 타치바나는 집안 사정 때문에 어중간해진 것을 사과했으며 하야사카는 한결같이 미안해 미안해 하고 줄곧 사과했다.

"그래도 과거는 바꿀 수 없으니 계속 미련 품고 고민해도 소용없지."

"설마……."

"우선 여자 둘이 앞을 향했어. '이렇게 된 거 어쩔 수 없다, 모처럼이니 즐기자!' 하고."

"긍정적일세!"

"그리고 나도 앞을 향했지."

"이 바보 멍청아!"

하마나미는 또 무슨 말을 하고 싶다는 얼굴을 하고 있었지만, "뭐, 좋아요." 하고 말하곤 창문 밖을 손가락으로 까딱까딱 가리켰다. 마침 안뜰을 하야사카와 타치바나가 걷고 있던 참이었다.

두 사람은 우리를 눈치채지 못한 채 그대로 이쪽을 등지고 안뜰의 벤치에 앉았다.

"아니, 훔쳐 들으면 안 되지."

"저 두 사람이 진짜로 즐기고 있는지, 그게 중요한 거 아니에요?"

"듣고 보니."

우리는 허둥지둥 창문 밑으로 가 벽을 등지고 쪼그려 앉았다.

하마나미가 조용히 창문을 열자 겨울 공기와 함께 하야사카와 타치바나의 목소리가 들려왔다.

"타치바나, 진로 희망 조사표 냈어?"

"응. 예대 음악학부. 하야사카는?"

"일단 국공립 이과 코스에 체크했어."

"수의학부? 동물 좋아한다고 그랬지."

따뜻한 톤. 말랑말랑한 걸즈 토크라고 할 수 있으리라.

"그럼 시로는 어느 대학으로 가게 할까?"

"타치바나랑 같은 곳은 아무래도 어렵지 않을까? 키리시마는 악기 연주도 못 하고."

"예대는 그림도 있어."

"키리시마는 그림 센스도 괴멸적이야……."

"그치. 같은 대학 다니고 싶었는데."

"시내에 살면 금방 만날 수 있어."

둥실둥실 가볍고 내용 없는 대화가 펼쳐진다.

하마나미는 동정 어린 눈으로 날 바라보며 아이콘택트로 말을 걸었다.

'키리시마 선배, 진로도 스스로 못 정하는군요.'

'그런가 보다.'

내 진로 얘기는 거기서 끝났다. 여자 특유의 화제가 불규칙하게 튀는 현상이 그녀들에게도 일어났기 때문이다. 저기압 얘기를 했다가 라쿠고(落語) 얘기를 하고 헤어드라이어 얘기를 한 뒤에 있었던 일이다.

"여자애들이 '벌써 했어?' 그렇게 엄청 물어봐."

타치바나가 토라진 어조로 말했다.

"그게 그렇게 중요한 일인가?"

"그냥 타치바나가 부끄러워하는 걸 보고 싶어서 그런 거야. 신경 쓸 필요 없어. 그래도 있지——."

남에게 알려줄 필요는 없지만 하고 하야사카가 서두를 떼고 말했다.

"난 그런 걸 하는 건 연인에게 무척 중요한 거라고 생각해."

"왜?"

"그야…… 애정을 확인하는 행위니까."

내 위치에선 보이지 않지만 하야사카가 구체적인 행위를 상상하고 부끄럽게 얼굴을 붉히며 얘기하는 모습이 눈에 선했다.

"남자애들은 허세를 부리려고 하잖아? 똑같이 우리도 귀엽게 행동하려 하고. 하지만 사실은 그렇지 않은 부분도 잔뜩 있어."

"있지."

"그래서 그런 걸 하면 남자애는 흥분하고 여자애도 그…… 야, 야해지잖아? 그런 자신을 보여주는 건 무척 용기가 필요한 일이라고 생각해."

"응. 나, 부끄러워서 아무것도 못 할 거야."

"그래도 그렇게 아름답지 못한 부분도 보여주고, 그럼에도 서로를 받아들여 줄 수 있으면 무척 멋질 거야. 그래서 나는 하고 싶다고 해야 하나……."

하야사카다운 생각이다. 그녀는 주변에서 청순 청초한 이미지를 강요받고 있으며 거기서 벗어나면 환멸 받는다. 그래서 자신이 좋아하는 사람이 착한 아이가 아닌 자신을 받아들여 주길 바라고 있었다.

"……어젯밤에, 시로랑도 그런 느낌이었어?"

"……응."

하야사카의 음색에 촉촉한 것이 섞였다.

"남자애는 있지, 마지막까지 안 하면 흥분이 가라앉질 않거든."

"알아. 요즘, 공부했어."

"그래서 있지, 키리시마는 몇 번이고 몇 번이고 그런 기분이 든 거야."

"자려곤 안 했어?"

"했어. 근데 속옷 차림으로 자려고 했던 게 실수였을지도 몰라……. 껴안고서 서로의 체온을 느끼면서 자려고 했는데…… 내가 그, 틈만 나면 등이나 어깨를 쓰다듬고 그냥 몸에 키스도 막 했더니…… 키리시마가 흥분해서 저기, 몸 여기저기가 닿고, 나도 열이 올라서, 그랬더니 키리시마가 내 몸을 만지기 시작한 거야. 나도 기분이 좋아지고 젖어서 헐떡이니까, 키리시마가 더 흥분해서, 난 그…… 몇 번이나 정신이 날아갔어."

자려고 할 때마다 그걸 반복했다고 하야사카가 말했다.

"마지막엔 나, 목소리를 참을 수가 없어서, 엎드린 채 베개에 얼굴을 묻었거든. 그때 키리시마가 뒤에서 덮쳐서, 내 몸을 짓누르면서 흥분해주는 거 있지. 나도 엄청 기쁘고 기분이 좋아져서, 침이나 그런 여러 가지 것들이 멈추지 않아서 속옷을 세 번이나 갈아입었는데, 그때는 시트까지 갈아야 했어……. 그렇게 녹초가 돼서야 겨우 잠이 들었던 것 같아."

"…………."

"타치바나, 코피 나……."

"……응."

부스럭거리며 휴대용 티슈를 꺼내는 소리가 났다.

"미, 미안해, 왠지 상관없는 얘기까지 했나 봐."

하야사카가 말했다.

"아무튼 내가 말하고 싶었던 건 그런 걸 하는 건 부끄럽지만 소중한 거고…… 또 역시 좋아하는 사람과 하면…… 기분도 좋으니까……."

"응…… 나도 열심히 해볼래."

"타, 타치바나도 마지막까지 하면 안 되는 거 알지?!"

"알아. 앞지르기 금지. 약속이니까, 페널티도 있고."

하지만 시로는 참을 수 있을까? 하고 타치바나가 말했다.

"남자애는 하고 싶어 하는 법이잖아?"

"우리가 안 해준다고 다른 여자애한테 가버리면 어떡하지."

"그거 말인데."

타치바나가 심각한 어조로 말했다.
"시로가 또 다른 여자애 만졌어."
"또?!"
"어쩐지, 좋아했어."
"……그런 건 용서 못 해."
"여자애 그만 만지라고 부탁했는데……."
"키리시마…… 타치바나랑 나까지 있는데……. 말해도 못 알아들으면, 그냥 안경 부숴버리러 가자."
"그래, 가자."
두 사람의 발소리가 멀어져갔다. 아무래도 자리를 떠난 모양이다.
여담으로 타치바나가 말한 내가 여자를 만졌다는 건 복도에서 스쳐 지나갔을 때 어깨가 스친 정도였다. 멀리서 타치바나가 볼을 부풀리며 보고 있었다. 그리고 난 결코 좋아한 적이 없다.
"키리시마 선배도 고생이네요."
하마나미가 느긋한 어조로 말했다.
"그래도 확실히 다들 즐거워 보여요."
"그치?"
"모두 윤리관이 박살 난 것만 못 본 척 넘어간다면요!"
갑자기 흥분하는 하마나미.
"그리고 두 사람이 사이좋은 건 절대 지금뿐이라고요! 겉치레만 저러는 거예요! 겉치레 괴물이라고!"
"그래?"

"눈에 딱 보이는 불씨가 있었잖아요! 그…… 하, 한다느니 마느니 하는."

"그건 앞지르기 금지란 규칙이 제대로 있어서."

"당신들은 규칙을 지킨 적이 한 번도 없잖아요!"

그런 말을 들으면 괴롭다.

"게다가 지금 날마다 바꿔서 남친하는 거죠? 그러면 이제 곧 누군가 골라야 할 날이 올걸요."

"크리스마스 말이지?"

"잘 아시네요."

"셋이서 보내볼까 해."

"우와아……."

"가능한지 어떤지 시험해보려고 주말에 셋이서 데이트할 거야."

완전 지옥이잖아요, 하고 하마나미가 말했다.

"저 두 사람, 생긴 것만 귀엽지 속은 괴수나 다름없다고요. 셋이 있으면 분명 크아아앙 하고 괴수 대전쟁이 벌어질걸요?"

"너무 겁주지 마. 난 거기에 맨손으로 참전한단 말야."

"부디 짓밟히지 않게 조심하시라고요."

"하야사카가 상대라면 납작하게 뭉개질 것 같단 말이지."

"누가 괴수라고?"

갑자기 머리 위에서 차가운 목소리가 쏟아졌다.

나는 무슨 일이 벌어졌는지 금세 이해했다. 나 원. 흠칫거리며 위를 올려다보니 창밖에서 타치바나와 하야사카가 이쪽을 들여다보고 있었다.

"하마나미랑 시로 둘 다 거기 꼼짝 말고 있어."

타치바나가 표정 없이 말했다.

"키리시마, 날 그런 식으로 생각하고 있었구나."

하야사카는 온화하게 미소 짓고 있었다.

그녀들은 더는 아무 말도 없이 구교사 입구를 향해 걸어나갔다. 아무래도 이쪽으로 오려는 모양이다. 나는 안경에 작별을 고하는 것이 좋으리라.

옆에선 하마나미가 머리를 감싸 안고 있었다.

"그…… 뭐냐, 하마나미는 요시미랑 잘해 봐."

내가 말하자 하마나미는 날 노려보며 말했다.

"다, 다, 다, 당신은 자기 몸이나 걱정해~~~!!"

타치바나와 하야사카가 날 공유한다.

그것은 무척 모험적 시도다.

연인이 되는 것은 한 명뿐, 그 외 선택받지 못한 사람은 모두 실연한다. 이것이 세속에 깊숙이 자리 잡은 사랑의 규칙이다. 하지만 공유를 인정하면 단 하나밖에 없는 의자가 늘어나게 되어 실연하는 사람도 줄어든다.

타치바나와 하야사카는 그렇게 까다롭게 생각하진 않았겠지만, 결과로써 그녀들은 이 수법을 선택했다. 하지만 이것이 성공할지는 알 수 없다.

좋아하는 사람을 독점하고 싶다. 공유는 그 충동에 지나치게 반한다.

순애 환상은 하나의 가치관이기에 의식을 바꾸면 버릴 수 있다. 그렇기에 나는 두 번째로 좋아한다는 감정을 긍정했다.

하지만 독점욕과 질투는 가치관이라기보다 본능에 가깝다.

좋아하는 사람이 다른 사람과 친하게 지내면 머리로 이해하는 것보다 먼저 가슴이 아프다. 그렇기에 타치바나와 하야사카가 시작한 이 시도는 본능에 대한 도전이라고 말할 수 있었다.

공유를 성립시키기 위해서는 이 본능적 충동을 컨트롤해야만 한다.

그리고 그것이 시험받을 날이 곧 찾아왔다.

주말, 점심을 지난 무렵이었다. 개찰구를 빠져나가 종종걸음으로 걸었다. 전철이 조금 지연됐기 때문이다.

역 앞 광장으로 나오자 동상 앞으로 타치바나와 하야사카의 모습이 보였다. 대학생처럼 보이는 남자가 말을 걸고 있었다.

"둘 다 뭐 사러 왔어? 다 사고 나면 같이 놀래?"

"나, 남친 기다리는 중이라……."

하야사카가 허둥지둥 대응하고 있다. 아무래도 헌팅을 당하는 모양이다. 타치바나는 그 옆에서 불만스러운 얼굴을 하고 있다. 대조적이다.

가까이 다가가자 하야사카가 "키리시마! 여기야, 여기!" 하고 목소리를 높였다.

"늦었잖아."

타치바나도 나를 발견하곤 달려와 내 소매를 붙잡았다.

"사람들이 엄청 말 걸어와서 큰일이었단 말야."

하야사카는 따뜻한 색 코트를 입고 머플러를 매 인상이 부드러워 보였다. 타치바나는 누가 보더라도 아가씨처럼 느껴지는 하얀 퍼가 달린 롱코트를 입어서 확실히 이 두 사람이 나란히 있으면 시선을 끌 것 같았다.

그건 그렇고 타치바나, 여전히 여자친구 모드일 때는 무척 어리광쟁이다. 지금도 볼을 붉히며 개처럼 따른다.

"뭐야, 진짜 남친 있었네."

헌팅하던 남자는 깔끔하게 포기하고 자리를 떴다. 한 번 뒤를 돌아보더니 누구 남친이지? 그런 얼굴을 했다.

"그럼, 갈까."

하야사카가 말했다.

"응, 가자."

그리고 타치바나는 내 소매를 붙잡은 자기 손을 보고, 잠시 생각에 잠겼다. 이윽고 내 소매에서 손을 떼더니 하야사카와 얼굴을 마주 보았다. 그리고――.

"이게 좋겠지?"

"응, 이렇게 가자."

타치바나와 하야사카는 서로 고개를 끄덕이더니 손을 잡고 걷기 시작했다.

아무래도 그런 결론에 다다른 모양이다.

두 사람이 사이좋게 손을 잡고 앞장서 걸었고 나는 뒤를 따라갔다. 확실히 이 방식이라면 싸움도 벌어지지 않고 내가 한 사람을 선택해야만 하는 위험한 상황도 발생하지 않는다.

나는 들러리가 된 듯한 느낌이 강했지만, 이러면 셋이서 데이트도 성공하리라.

그러나——.

"키리시마, 왜 서 있어?"

"어서 앉아, 시로."

"아니, 일부러 이러는 거지?"

백화점 식당가에 있는 유명 과일 디저트 가게에 들어갔을 때다.

두 사람은 오늘 외출에 앞서 이 가게에서 계절 한정 파르페를 먹기로 약속했던 모양이다. 사전에 가게를 알아본 것이 여자아이답다고 생각했다.

그건 그렇고, 가게에 들어가 4인용 테이블에 안내받자마자 두 사람은 마주 앉았다. 즉 나는 둘 중 한쪽을 골라야만 했다.

"내 옆이 좋지?"

"나지?"

하야사카 쪽으로 가려 하면 타치바나가 미간을 찌푸렸다. 타치바나 쪽으로 가려 하면 하야사카가 딱딱한 웃음을 지었다.

"날 갖고 놀려고 한단 말이지."

타치바나와 하야사카가 나란히 앉으면 그만인 얘기다.

실제로 역시나 농담이었는지 내가 타치바나 옆에 앉아도 하야사카는 토라진 표정을 지으면서도 어쩔 수 없다며 웃었다.

"키리시마랑 타치바나가 따로 앉으면 학교 사람이 봤을 때 변명을 못 할 테니까."

파르페를 먹을 때도 두 사람은 사이좋게 대화를 나누었다.

"단건 맛있더라."

"응! 나, 하나 더 먹을 수 있을 것 같아~."

"모처럼이니까, 먹어버려?"

"우와아, 두 개나 먹으면 엄청날 거야. 그래도 가능할 것 같은데~."

"아니, 두 개는 큰일 나지, 엄청 살찌…… 아, 넵, 죄송합니다, 전부 다 제 잘못입니다. 네, 조용히 있을게요."

그런 식으로 즐겁게 데이트를 이어갔다.

하야사카와 타치바나 둘 다 제법 자제심을 발휘했다. 하지만 어떤 사건으로 인해 형세가 변했다.

여자 둘이 파르페를 하나 더 먹은 뒤 화장품 가게로 갔을 때였다.

"수고 많으시네요, 두 분 다 귀여우시다."

점원이 내게 말을 걸었다.

"어느 분이 여친이에요?"

대답하기 껄끄러운 질문. 아마도 점원은 남자인 내가 화장품 코너에서 지루하리라 생각하고 배려심에 말을 걸었을 것이다.

나아가 서비스 정신에서 이런 말까지 하고 말았다.

"아, 제가 맞혀볼게요! 잘 맞히거든요. 여친은——."

여동생을 보면서도 느끼지만, 여자는 주변이 어떻게 보고 있는지 몹시 신경 쓰는 생물이다.

하야사카와 타치바나도 예외가 아니다. 그보다, 외견이 좋은 만큼 타인의 시선을 무척 자각하고 있기도 했다.

어느 쪽이 나와 연인 사이처럼 보이는가.

두 사람의 눈빛이 변한 순간이었다.

여자의 경쟁심에 불이 붙었다.

화장품 가게에서는 점원이 나와 두 사람을 비교하더니 "짐꾼이군요!" 하고 말해 그 자리는 원만히 해결됐다.

하지만 쇼핑에 어울리다 보니 가는 곳마다 점원의 질문을 받는 상황을 피할 수 없었다.

"누가 남친분이세요?"

이에 대해 하야사카와 타치바나 모두 "누구 남친 같아요?" 하고 되물었다.

점원도 분위기 파악을 할 줄 알아 무언가 압박을 느끼곤 "으~음, 조금 어렵네요……. 두 분 다 잘 어울려서……." 하고 딱딱하게 웃으며 도망쳤다.

하지만 그중에는 과감하게 도전하는 점원도 있었다.

하야사카가 새 머플러를 가지고 싶다며 들른 편집숍에서 있었던 일이다.

그곳 점원은 도망치지 않고 맞히려 들었다.

"알겠다. 이쪽이죠!"

고른 것은 하야사카였다.

"왜 제 남친 같아요?"

"왠지 두 분이 나란히 서니까 잘 어울리는 것 같았거든요."

"에헤헤~ 그쵸~."

하야사카는 알기 쉽게 기분이 좋아졌다. 그리고 점원과 대화를 나누며 머플러뿐 아니라 여러 옷을 손에 집어 들었다.

"저기 저기, 키리시마! 남친이 보기에 이거 어때?"

"잘 어울리는 것 같아."

"그럼 이거랑 이거랑, 저것도 시착해봐야지~. 남친인 키리시마를 위해서 귀엽게 꾸며야 하니까! 난 여친이니까!"

그렇게 말하고 하야사카가 시착실로 들어간 순간이었다.

"뭐야, 저게."

타치바나가 부루퉁해져서 작은 목소리로 말했다.

"파르페 먹으면서도 다리로 서로 장난치질 않나."

"눈치챘어?"

"당연하지."

과일 디저트 가게에서 하야사카는 타치바나와 대화를 나누면서도 맞은편에서 발끝으로 내 다리를 쿡쿡 찌르거나 자기 다리 사이에 끼곤 했던 것이다.

"나 말고 다른 여자애랑 그러지 마……."

타치바나는 불만스럽게 입을 비죽 내밀었다. 그래도 참지 못했는지 작은 주먹으로 내 어깨에 펀치를 날린 뒤 껴안듯이 팔짱을 꼈다.

"사실은 오늘 계속 이러고 싶었어."

단둘이 있고 싶어, 그런 본심을 감추지도 않고서 말한다.

"시로는 내 남친이거든? 이거, 잊지 마."

그리고 발돋움해 입술을 들이밀었다. 1초도 되지 않을만한 짧은 키스다.

하지만 똑똑히 목격한 점원의 얼굴은 경악에 물들었다. 그야 그렇겠지. 여자친구가 시착실에 들어간 사이 가게 앞에서 다른 여자와 키스하다니, 상당히 위험한 남자다.

"키리시마, 이건 어때──."

시착실에서 하야사카가 나왔다. 타치바나는 곧 몸을 떼었지만, 여자끼리는 통하는 것이 있는 모양이다.

"……흐음, 그랬단 말이지."

하야사카의 스위치가 켜진 것을 알 수 있었다.

그리고 누가 연인으로 잘 어울리나 대회가 제2 라운드에 돌입했다.

타치바나가 피아노 콩쿠르 때 입을 원피스를 찾고 있을 때였다.

"이쪽이죠?"

이 점원은 날 타치바나의 남자친구라고 인정했다.

"왜 제 남친 같았어요?"

"남친분이 닿지 못할 별에 푹 빠진 듯한 얼굴을 하고 계시거든요."

"맞아요. 시로는 남친이라 저한테 푹 빠졌어요. 그야말로, 완전히."

타치바나는 무척 냉정한 얼굴을 하고 있었지만 원피스를 한 아름 안더니 콧노래를 흥얼거리며 시착실로 들어갔다.

"왜…… 왜 타치바나 남친이란 소릴 해?"

이번엔 하야사카 차례였다.

"키리시마는 내 남친이잖아. 나만의 남친이잖아."

아예 전제 조건부터 붕괴했지만 하야사카가 그렇다 하니 분명 그럴 것이다. 나는 일단 "미안해." 하고 사과했다.

"그리고 파르페 먹을 때도 테이블 밑으로 손잡았지?"

디저트 가게에서 타치바나는 하야사카와 수다를 떨면서도 테이블 밑으로 나와 손깍지를 끼고 있었던 것이다.

"눈치챘었구나……."

"다 보인단 말야! 타치바나는 너무 뻔하고, 또…… 너무 야했는걸……."

"그거 말이지."

본래 타치바나는 포커페이스라 주변이 눈치챌 만한 정보를 주지 않는다. 하지만 유일한 약점이 연애 초보인 점이다. 부끄러워서 '평범한 연인이 하는 것' 을 할 수 없다.

타치바나는 그것을 극복하려는 것인지 테이블 밑에서 잡은 내 손을 머뭇거리면서도 자기 허벅지로 들고 가려 했다.

내 손을 자기 허벅지에 살짝 대고는 얼굴을 새빨갛게 물들인 것이다.

"아무리 키리시마 관심을 끌고 싶어도 그렇지, 몸을 쓰는 건 반칙이야!"

"어? 아, 응."

"약점을 파고들어 미인계를 쓰다니, 그런 건 여자 실격이라구. 절대 하면 안 돼."

"그, 그러게……."

"있지, 키리시마, 키스하자."

"갑자기 훅 들어오네?!"

"그치만 오늘 계속 참고 있었단 말야. 계속 단둘이 있지도 못했고."

"셋이서 놀자는 취지니까 그렇지!"

그리고 손님이 적다곤 하나 여긴 가게 안이다. 그러나――.

"타치바나랑은…… 했지?"

하야사카가 빤히 노려본다.

"난 여친이니까, 덧씌워야 하는 거 맞지?"

"……네, 당연히 그래야죠. 짧게 부탁드립니다."

하야사카는 내게 입을 맞추고 혀까지 빠짐없이 집어넣었다. 점원이 이쪽과 시착실을 번갈아 보더니 무시무시한 것을 본 것처럼 떨고 있었다. 당연하리라.

"시로, 이거 어때――."

시착실에서 타치바나가 나왔다. 하야사카는 곧 몸을 뗐지만,

명백하게 볼을 붉히고 있었으니 무슨 짓을 했는지는 금세 알 수 있었다.

"——시로한테 손대지 마."

타치바나가 거침없이 말했다. 화가 났는지 목소리가 호전적이다.

"내 남친이야."

"아, 아니야!"

하야사카도 얼굴을 빨갛게 물들이며 받아쳤다.

"키리시마는 내 남친이란 말야! 나만의 남친이라고!"

이봐들, 겉치레라도 사이좋던 모습은 어디로 간 거야.

여기부터는 하마나미의 예언대로 괴수 대전쟁이 벌어졌다. 날 끼고 서로 위협하며 한쪽이 안 보는 틈을 타 손을 잡거나 보는 이가 없으면 키스까지 하려고 들었다.

하야사카와 타치바나는 사이가 좋고 나는 들러리가 된다. 그런 균형 잡힌 2대1은 완전히 무너져내렸다. 오른쪽에선 하야사카가 내 손을 잡아당겼고 왼쪽에선 타치바나가 내 손을 잡아당긴다는 만화 같은 구도가 완성됐다. 그리고 두 사람은 말싸움까지 벌였다.

"시로는 촌스러우니까 내가 코디해줄게."

그렇게 말한 타치바나에게 남성 대상 편집숍으로 끌려갔을 때다.

내게 입힐 옷을 둘러싸고 캐주얼하게 입히고 싶은 하야사카와 시크하게 입히고 싶은 타치바나의 의견이 격렬히 충돌했다.

"시크한 옷은 안 돼. 키리시마잖아! 붕 떠서 옷이랑 몸이 따로 놀 거라구!"

"캐주얼하게 입혀봤자 쉬는 날 아빠들처럼 될 게 뻔해. 시로잖아! 옷만이라도 멋지게 입히지 않으면 소용없단 말야."

"어휴! 타치바나는 고집쟁이야!"

"하야사카는 바보거든!"

"난 움직이기 편한 옷이 좋은데……."

""뭐라고 했어?!""

두 사람의 목소리가 겹친다. 그 눈빛을 나는 영상으로 본 적이 있었다. 사냥을 하는 암컷 사자였다.

"……아무것도 아닙니다."

이런 식으로 줄곧 오늘은 괴수 대전쟁이 계속될 줄 알았다.

하지만 의외로 금세 끝을 맞이했다.

"그보다 타치바나, 시간!"

하야사카가 손목시계를 보며 말했다. 그 말에 타치바나도 금세 제정신을 차렸다.

두 사람은 서로에게 끄덕여 보이더니 가게를 나서 걷기 시작했다.

"키리시마도 가자~."

하야사카의 손짓에 나도 개처럼 따라갔다.

끌려간 곳은 대형 쇼핑몰 건물 최상층에 있는 플라네타륨이었다. 전시 포스터를 보자 왜 이 플라네타륨을 골랐는지 이해했다.

"내가 좋아하는 가수다……."

천체 영상을 보며 음악을 듣는 기획으로 협업한 뮤지션은 틀림없이 내가 좋아하는 가수였다. 신시사이저 소리가 무척 시적이고 가사에도 '밤' 이란 단어를 많이 썼기에 플라네타륨에 잘 어울렸다.

"에헤헤, 키리시마, 항상 듣고 있었잖아."

하야사카가 내 반응을 보고 만족스럽게 말했다.

타치바나는 쑥스러운 듯이 고개를 돌리고 조용히 말했다.

"마음에 들었으면 좋겠어……."

사전에 내가 좋아할 만한 곳을 둘이서 찾아준 것이다. 아무래도 오늘 데이트 장소가 이곳 도심의 커다란 역 근처가 된 것은 두 사람이 쇼핑하기 편해서가 아니라 전부 이 플라네타륨을 위해서였던 모양이다.

나는 생각했다.

그녀들은 다정하다.

공유는 그런 그녀들의 다정함이 드러난 것이다. 하야사카는 타치바나의 마음을 존중했고 타치바나도 하야사카의 마음을 존중했다. 그리고 나도 제대로 생각해줬기에 이렇게 플라네타륨 깜짝 선물을 준비해주었다.

결국 곧 괴수 대전쟁을 펼치고 데이트도 시간을 따지면 90%가 두 사람이 쇼핑하는 시간이었지만, 그럼에도 세 사람의 관계가 좋아지도록 노력하고 있었다.

"고마워."

내가 말하자 하야사카는 기쁜 듯이 웃었고 타치바나는 볼을 붉혔다.

줄곧 책임을 느끼고 있었다. 이런 관계로 만들어버린 것을.

하지만 그녀들은 앞을 바라보고 많은 고민을 거쳐 자신들의 마음과 타협하려 하고 있었다. 그러니 나도 책임감 같은 게 아니라, 더 긍정적인 마음으로 이 공유란 관계를 직시해야 한다. 그렇게, 생각했다.

"미안해."

"잘못했어."

플라네타륨에서 나오자 하야사카와 타치바나가 사과했다.

내가 전혀 플라네타륨 프로그램에 집중하지 못했기 때문이다.

오른쪽에는 하야사카, 왼쪽에는 타치바나, 이렇게 나란히 좌석에 앉았지만, 어두워진 순간 우선 하야사카가 평소처럼 내게 달라붙었다. 셋이 함께 있어서 참았던 것이 한계에 달했는지 완전히 그런 모드가 되었다.

왼쪽에선 연애 초보를 졸업하려고 노력 중인 타치바나도 도전에 나섰다. 당연히 서로가 서로의 움직임을 눈치채고 점점 과격해졌다.

양 귀에 혀를 집어넣은 상태에선 음악도 듣기 힘들다.

"하, 한 번 더 볼까?"

하야사카가 면목 없다는 듯이 말했다.
"괜찮아, 제대로 즐겼으니까."
거기다 한 번 더 보더라도 분명 똑같은 일이 반복될 것이다.
"그럼 난 이쯤에서 갈게. 이제 가야 해서——."
"어?"
타치바나가 갑자기 불안한 표정을 지었다.
"데이트…… 재미없었어? 나, 나 때문에? 미, 미안해……."
아냐 아냐, 하고 나는 손을 저었다.
"6시부터 볼일 있다고 그랬잖아."
그러고 보니 문자로 그랬었지, 하고 타치바나는 침착함을 되찾았다.
"그런 건 내가 조르면 어떻게든 될 줄 알았어……."
"이보쇼."
오만방자한 아가씨가 제대로 납셨다.
"어쩐지 요즘 많다. 볼일이 있어서 나랑 타치바나, 둘 다 약속 못 잡는 거."
하야사카가 의심의 눈길을 보낸다.
당연히 "무슨 볼일인지 알려줘." 하고 추궁당하게 되었다.
하지만 이에는 나도 아무 말도 하지 않고 애써 버텼다. 결국 두 사람은 조금 더 놀다 가기로 했고 나 혼자 이탈하게 되었다.
헤어지며 타치바나는 내게 달려오더니 가슴에 이마를 살짝 기댔다.
"너무 불안하게 만들지 마."

작은 목소리로 그런 소릴 했다.

"안 그래도 나, 질투가 엄청 심해졌으니까."

"미안해."

"괜찮아…… 근데 볼일이란 건 다른 여자애랑 그런 건 아니지?"

"응, 믿어줘."

"……응, 믿을게."

타치바나는 애처로운 표정으로 날 올려다보더니 눈을 감았다. 완전히 키스를 기다리는 자세가 되었을 때――. "어휴~!" 하고 하야사카가 타치바나의 목덜미를 붙잡고 질질 끌어 떼어냈다.

"여긴 공공장소거든?!"

누구 입으로 그런 소릴 하나 싶었지만, 눈은 똑바로 앞을 향하고 있으니 자기 자신은 보이지 않는 법이다.

"내, 내 남친……."

끌려가면서도 타치바나는 손을 뻗었다.

"내, 내 남친이란 말야~!!"

하야사카가 얼굴을 붉히며 말했다.

용호상박이 벌어질 것도 같고 시간도 없어서 나는 재빨리 그 자리를 떠났다.

쇼핑몰 건물 밖으로 나오자 밖은 이미 캄캄했다. 크리스마스 시즌의 조명 장식이 이곳저곳을 밝히고 있었다.

거리는 화려하지만 불어오는 바람은 차갑다.

목을 움츠리고 주머니에 손을 찔러넣어 신호가 바뀌길 기다렸다.

그나저나 요즘은 하야사카보다 타치바나가 더 불안정하다. 헤어지며 '다른 여자 있는 거 아니지?' 하고 비에 젖은 강아지 같은 표정을 짓던 걸 떠올렸다.

타치바나는 원래 완벽하게 첫 번째 타입의 여자아이이며 두 번째나 공유 같은 것엔 전혀 어울리지 않는다.

하지만 아마도 타치바나가 불안정해진 원인은 나와 하야사카 뿐만이 아닐 것이다.

그런 생각을 하던 때였다.

"퍼~억!"

한 여자가 일부러 그러듯이 부딪쳤다.

두꺼운 오버핏 후드 티에 긴 머플러를 목에 빙글빙글 둘렀고 숏컷 머리카락 안쪽을 분홍색으로 물들였다.

"오늘 밤도 잘 부탁해."

그렇게 즐거운 듯이 웃으며 말했다.

"그보다 키리시마, 귀여운 여자애랑 같이 있더라?"

"보고 있었군요."

"나도 뭐 사고 있었거든~. 그래서 그 가슴 큰 쪽이 키리시마 여친이지?"

"왜 그렇게 생각했어요?"

"아가씨 같은 쪽은 이미 남친이 따로 있잖아."

어젯밤 우연히 봤다는 모양이다. 미인이라 인상에 남았다고 한다.

“남자랑 걷고 있던데. 축구 할 것 같은 엄청 잘생긴 남자. 사이도 꽤 좋아 보였어. 손잡고 있더라.”

제20화 보리차

문화제가 끝나고 바로 나는 아르바이트를 시작했다.

장소는 셋이서 데이트를 한 도심, 터미널 역 근처의 라이브 바. 피아노와 색소폰 소리를 들으며 술을 마실 수 있다.

교칙으로 아르바이트는 금지되어 있지만, 라이브 바라면 다른 학생들에게 들킬 염려도 없고 가격대도 높은 가게라 교사도 오지 않으리라 생각한 것이다.

이날도 나는 방과 후가 되자 전철에 몸을 싣고 아르바이트를 하러 갔다.

큰 거리에서 살짝 골목으로 들어가 계단을 내려간다. 지하라곤 생각 못 할 만큼 넓은 공간에 무대와 함께 테이블이 늘어섰고 바 카운터가 있었다. 아직 개점 전이라 손님은 없었다.

나는 로커에서 셔츠와 슬랙스로 갈아입었다. 이 옷은 매일 세탁한 것이 지급된다. 가게 주인인 레이 씨의 방침으로 세심한 부분까지 꼼꼼했다.

앞치마를 두르고 주방으로 가 손을 씻은 뒤 바구니에 잔뜩 담긴 감자 껍질을 필러로 벗겼다. 내가 벗긴 감자는 셰프의 손에 의해 하셀백 포테이토라 불리는 맛있는 요리가 된다.

"도와줄게."

바구니를 절반까지 해치웠을 때 머리카락 안쪽을 분홍색으로 물들인 여성이 찾아와 말했다.

"바 쪽은 괜찮아요?"

"이제 손님 올 때까지 할 일 없어."

그렇게 말하고 쭈그려 앉아 나와 함께 감자 껍질을 벗기기 시작했다.

그녀의 이름은 쿠니미 메이.

스무 살에 시내 대학에 다니며 이 가게에서 바텐더 견습생으로 일하고 있다.

고양이 같은 이목구비에 가슴은 타치바나 이상, 하야사카 미만 정도.

사복과 대화 스타일 모두 몹시 털털하다는 인상을 주지만, 유니폼을 입고 바 카운터 안에 있을 때는 무척 품위가 느껴지기도 했다. 자세가 좋아서 하얀 셔츠와 검은 조끼가 잘 어울렸다. 분홍색 머리와 은귀걸이가 포인트를 주어 어두운 홀 안에서도 눈에 확 띄었다. 무척 도회적인 센스라 할 수 있으리라.

"오늘 여기 오면서 전철에서 책을 읽었거든."

쿠니미 씨가 감자 껍질을 벗기며 말했다.

"무슨 책이요?"

"헤르만 헤세란 사람 책. 읽으면 머리가 좋아 보이잖아?"

"어땠어요?

“인텔리가 된 것 같아. 분위기도 *PTA 회장 같지 않아?”

“그렇게 말하니 그런 것처럼 보이기 시작하네요.”

“그치? 어쩐지 노벨상을 탈 것 같은 삘이 오는데~.”

여담으로 처음 몇 페이지 만에 읽기를 그만뒀다고 한다. 스마트폰으로 헤세에 대해 알아보고 그러고서 전부 읽은 듯한 기분이 들었다나.

쿠니미 씨는 자칭 방탕 대학생이었고 대학 이름도, 학부도 알려주지 않았다. 자주 바 카운터 안에서 연습이라 말하곤 맥주를 따라 자기가 마셨다. 시원스러운 성격과 숏컷이 합쳐져 조금 보이시한 인상을 주었다.

“헤세란 사람, 시인이 되고 싶다, 아니면 죽고 싶다, 그런 소릴 했다잖아. 키리시마는 어떻게 생각해?”

“예술가 같네요.”

“성실하네~. 난 헤세는 3초 뒤엔 ‘역시 석유왕이 되고 싶은데~’ 그런 소릴 했을 것 같은데.”

“참신한 해석이군요.”

“인텔리거든.”

쿠니미 씨는 조끼 뒤, 바지에 끼워놓은 노트를 끄집어내더니 헤세에 대한 새로운 해석이란 항목을 적고 실은 석유왕이 되고 싶었다 라고 적었다.

“쿠니미 씨는 뭐든지 노트에 정리해 놓네요.”

맥주 브랜드와 요리 종류를 메모해서 일할 때 살릴 때도 있으

---

*PTA: 일본의 학부모 교사 연합회(parent-teacher association).

면 이렇게 아무래도 좋은 것을 적을 때도 많았다.

"이게 다 아이디어의 씨앗이거든~."

노트를 등 쪽에 집어넣은 뒤 득의양양하게 필러를 휘두르며 말했다. 감자 껍질이 내 얼굴에 달라붙었다.

그러는 사이 가게 오픈 시간이 되어 쿠니미 씨는 바 카운터로 돌아갔다. 나는 주방 설거지 담당이었지만, 홀 인원이 부족해 주문을 받으란 소리를 들었다.

조끼를 입고 한 손에 메모장을 든 채 각 테이블을 돌았다. 바 카운터에 음료를 가지러 가니 쿠니미 씨가 맥주를 따르고 있었다. 쉬워 보이지만 거품 양을 조절하는 등 기술이 필요한 작업으로, 쿠니미 씨는 제법 솜씨가 좋았는지 견습이었지만 이것만은 그녀의 몫이었다.

"오늘 색소폰 어때?"

쿠니미 씨가 진지한 시선으로 잔을 기울이고 레버를 조작하며 말했다.

"전 재즈는 하나도 모르거든요."

"나도. 이 가게 너무 멋 부렸어. 웃긴다니까."

쿠니미 씨는 따른 맥주를 내가 손에 든 트레이 위에 차례차례 올려 나갔다.

"자, 키리시마, 갔다 와."

반짝거리는 잔에 따른 호박색 액체는 간접 조명을 받자 독특한 빛을 발했다. 그것은 일종의 예술품처럼 보였다.

바 카운터에서 술을 옮기고 주방에서 요리도 옮긴다. 잔이 모자라면 회수해 닦고 고운 천으로 깨끗하게 닦는다. 바빠서 색소폰과 피아노 소리에 귀를 기울일 틈이 없다.

학교와 다른 시간의 흐름, 공부와 다른 충실감.

손님과 종업원 모두 어른뿐인 공간에서 자신도 조금은 어른이 된 듯한 기분이 들었다.

하지만 내가 아르바이트를 시작한 목적은 그런 것이 아니었다.

폐점 시간이 다가온다. 손님이 거의 사라진 가게 안, 한 여성이 맨 뒤쪽 테이블에 조용히 앉아있었다. 나는 그녀에게 쿠니미 씨가 따른 호가든 맥주를 들고 갔다.

“제법 그럴싸한데? 클래식 소년.”

“전 클래식 안 듣는데요.”

“애인에게 줄 크리스마스 선물을 사려고 알바를 시작하는 게 클래식이 아니면 뭐겠어.”

가게 주인인 레이 씨였다. 얇은 니트 스웨터에 테이퍼드 팬츠, 살짝 만 긴 머리카락 사이로 금색 귀걸이가 보인다. 그야말로 어른이란 분위기를 풍기는 여성이었지만, 나이는 알 수 없었다.

“네 시급을 조금만 올려주려고.”

“네?”

“애인한테 조금 더 좋은 선물 사주렴.”

“그래도 돼요? 저 이제 막 일한 참인데요?”

“내가 왜 이렇게 앉아있다고 생각해?”

레이 씨는 이곳을 포함해 시내에 있는 가게 세 곳을 매일 돌고 있다. 손님으로서 찾아와 맨 뒤쪽 테이블에 앉아 음악을 들으며 술을 조금 마신다.

"가게에 무엇이 필요한지, 무엇이 부족한지 살피고 있다고 들었는데요."

"정답."

난 그런 걸 직감적으로 알거든 하고 레이 씨가 말했다.

"좋은 가게를 만들기 위한 요령은 퀄리티를 세세한 곳까지 신경 쓰는 거야. 그리고 그러기 위한 경비를 아끼지 않는 거지."

이 가게의 셰프와 바텐더는 다른 가게보다 인건비가 높다.

"그리고 그건 네 감자 까기와 잔 닦기도 마찬가지야."

이렇게 내 시급이 오르게 되었다.

어른에게 조금은 인정받은 기분이 들어 기뻤다. 하야사카와 타치바나에게 크리스마스 선물을 사주기 위해 시작했지만 나는 이 가게가 좋아지기 시작했다.

새로운 인간관계와 생활권이란 것은 무척 신선하고 개방적이다. 나는 이런 걸 원하고 있었을지도 모른다.

하지만——.

"아무리 그래도 이건 좀 위험한데."

"어? 왜? 혹시 그 가슴 큰 여친이 질투해?"

쿠니미 씨는 당연하다는 듯이 나와 팔짱을 끼며 말했다.

역으로 돌아가는 길, 연신 춥다는 소릴 하며 달라붙은 것이다.

"그나저나 진짜로 키리시마한테 여친이 있었을 줄이야."

"안 믿었어요?"

"허세인 줄 알았지."

쿠니미 씨가 깔깔거리며 웃었다.

"솔로였으면 가슴 정도는 만지게 해줬을 텐데, 안됐네."

그런 소리에 나는 무심코 쿠니미 씨의 가슴을 보고 말았다. 두꺼운 후드 티 때문에 지금은 알 수 없지만, 아르바이트 도중 그녀의 하얀 셔츠는 가슴팍이 항상 팽팽했다.

내가 그런 상상을 하고 있는 걸 꿰뚫어 보고서 쿠니미 씨가 재미있다는 듯이 웃었다.

"얼굴 빨개졌대요."

"놀리지 마세요."

"여친 거나 만져. 크리스마스에 즐길 거 아냐."

"아뇨, 꼭 그런 것도……."

"어? 아직 안 했어? 풋풋하네~."

쿠니미 씨는 나와 팔짱을 낀 채 걸었다. 대학생에 나보다 연상이기도 했고, 무엇보다 원래부터 이런 사람일 것이다.

'이 가게, 어른들만 있어서 외로웠거든. 친구 하자, 친구.'

처음 말을 걸었을 때부터 무척 친근했다.

하지만 타이밍을 생각했을 때 내가 성실하게 일하는 것을 확인한 뒤 말을 걸어왔으니, 의외로 빈틈없는 사람일지 모른다. 사귀는 사람은 제대로 가리는 타입.

"오락실에서 놀고 가자."

"저, 내일 학교 가는데요."

"주말이면?"

"괜찮죠."

쿠니미 씨와의 대화는 심플했다. 직설적이고 말 이상 가는 의미와 감정은 없었다.

그래서 나도 솔직해져서 쉽게 대화를 나눌 수 있었다.

"머리 색, 슬슬 바꿀까."

"전 지금 느낌이 꽤 좋은 것 같은데요."

"진짜? 그럼 한동안 이대로 갈까."

그런 대화를 나누며 인파에 섞여 교차로 신호가 파란불로 바뀌길 기다렸다.

그때였다.

앞에 있는 두 여자아이에게 시선이 갔다. 귀여운 뒷모습. 한쪽은 캐러멜색 피 코트를 입었고 다른 한쪽은 감색 더플코트를 입었다.

그러고 보니 타치바나와 하야사카, 저번에 먹었던 파르페를 한 번 더 먹겠다며 신나게 떠들었지…….

나는 금세 눈치채고 그 자리를 떠나려 했다. 그러나——.

"어? 키리시마?"

내 목소리에 반응해 하야사카가 돌아보고 말았다.

빤히 나와 쿠니미 씨의 팔짱 낀 팔을 바라본다. 나는 이것저것 변명하려 했지만, 쿠니미 씨가 하야사카가 있는 것을 눈치채지 못하고 계속 얘기하고 말았다.

"그나저나 키리시마 여친은 재미있네."

화제 선택도 딱이다.

"해주지도 않으면서 질투는 아주 수준급이야."

그거, 하야사카가 들으면 제대로 화날 말인데.

"뭐, 그런 점이 귀엽지만 말야."

칭찬이 이어졌지만, 이미 늦었다.

발끈한 표정으로 하야사카가 날 보고 있었다.

"안 해줬다고? 내가? 그런 말을 할 처지야?"

키리시마는 유머 센스가 있네 하고 하야사카가 부처처럼 온화한 표정으로 말했다.

"좋아. 그럼 지금부터 하자. 이번엔 도망치지 말고."

"왜 이 몸이! 학생회실에서 쫓겨나야 하냐고!"

학생회장인 마키가 말했다.

점심시간, 옥상에서 있었던 일이다.

마키가 학생회실에서 서무를 처리하고 있는데 하야사카와 타치바나가 '방 좀 쓸게' 라며 찾아왔다고 한다.

"왜 학생회실일까."

"다른 학생들, 그리고 키리시마한테도 들려주고 싶지 않은 얘기를 하고 싶었겠지."

마키는 둘에게 열쇠를 넘기고 방을 나와서 살짝 열린 문 너머로 귀를 기울였다고 한다.

"매너 위반이야."

"날 편리하게 써먹잖아. 저 녀석들 정도라고, 날 키리시마 덤 취급하는 여자는."

타치바나에 이르러선 '시로 친구인……뭐시기 씨' 라고 마키를 복도에서 불러세웠다고 한다.

"그리고 저 녀석들, 너한테 엄청 화났더라."

날 어떻게 처리할지 작전 회의를 하고 있다고 한다.

"대체 뭘 한 거야?"

"여자랑 팔짱 끼고 걷는 모습을 목격당했거든."

"제법인데!"

"알바 선배야. 저쪽은 대학생이고 그런 느낌 아냐."

그때 쿠니미 씨의 '안 해주는 여친' 부분에 하야사카가 성을 냈고 두 사람 말고 다른 여자가 날 만진 사실에 타치바나가 조용히 분노했다.

'지금은 규칙이 있어서 못 하는 거거든? 그래도 지금까지 내가 키리시마를 거절한 적 있었어? 기억에 없는 건 내가 바보라서 그래? 응? 대답해 봐.'

'우리가 하는 말엔 절대복종인데, 시로가 말을 안 들어…….'

쿠니미 씨는 단순한 아르바이트 선배이며 아르바이트를 시작한 것은 하야사카와 타치바나에게 크리스마스 선물을 사주기 위해서라고 몇 번을 설명해 그 자리는 간신히 넘어갔다. 하지만 그녀들의 분노는 아직 가라앉지 않은 모양이다.

마키를 학생회실에서 쫓아내고 바로 회의를 시작했다고 한다.

"바람피운 키리시마가 전부 잘못했다고 그러던데."

"전혀 바람피운 게 아니지만 말이지."

"다시는 '안 해주는 여친' 이란 말 못 하게 하겠다며 으르렁대더라."

"겁나라. 오늘 마침 셋이서 나가거든."

셋이 함께 즐겁게 지낼 수 있을 것인가.

그 최종 시험에 나설 예정이다. 저번에는 결국 괴수 대전쟁이 벌어지고 말았다. 이번에도 실패하면 그냥 크리스마스에는 둘 중 한 사람과 지내자고 얘기해 두었다.

"키리시마, 고르기 싫지?"

"그야 뭐."

"아니, 그냥 이브랑 당일로 나누면 되는 거 아냐?"

"둘 다 이브 밤부터 당일까지 같이 있고 싶대."

"저 녀석들 앞지르기 금지 규칙 지킬 생각 없는 거 아니냐."

그래서 그녀들은 셋이 함께 지내는 것을 고집하고 있었다.

"뭐, 저 녀석들 처지에선 키리시마한테 선택을 맡기고 싶지 않겠지. 사실상, 누굴 우선하는지가 뻔히 보이니까."

공유 관계 자체가 그런 심리로 성립된 거잖냐 하고 마키가 말했다.

"타치바나랑 하야사카 둘 다 키리시마에게 선택받으면 자긴 버려질 거라 생각하지. 그래서 이 공유를 그만둘 수 없는 거야. 그리고 키리시마도 선택할 수 없어. 선택받지 못한 쪽이 몹시 상처받을 걸 아니까."

"한심한 남자란 건 나도 알아."

"그래도 냉정하게 생각해보면 그렇잖냐. 특히 이번엔 저쪽이 선택하길 바라지 않는다고 하니까."

그래도 어디까지 도망칠 수 있을까? 하고 마키가 말했다.

"셋이서 줄곧 계속 피하는 화제가 있잖아."

"……그렇지."

"하야사카는 물론이고, 타치바나도 그리 요령 좋은 사람이 아니야."

"나도 알아."

우리는 많은 것을 못 본 척하고 이 공유 관계를 계속하고 있다.

어디까지 도망칠 수 있을까, 그것은 나도 모른다. 이 관계를 계속하는 것이 좋은 일인지도 모르겠다. 아마 누구도 알지 못할 것이다. 하지만 이제 와 그만둘 순 없다.

"야, 키리시마, 네가 무슨 짓을 해도 실망할 일도 없고 하야사카랑 타치바나가 날 들러리 취급해도 상관없어. 그래도 딱 하나 말하자면——."

마키는 난간에 기대어 쾌청한 겨울 하늘을 올려다보며 말했다.

"나랑 너, 야나기 선배 셋이서 어울렸던 중학교 시절은 지금도 제법 마음에 들거든."

마키는 그 말만을 남기고 옥상을 떠났다.

나는 그 등을 바라보며 말했다.

"나도 알아."

◇

방과 후, 전철 좌석에 타치바나와 나란히 앉아있었다.

둘이서 축구 경기장으로 향하던 중이다. 일본 대표 친선 시합이 열리기 때문이다. 공식 시합이 아니라 티켓은 편의점에서 쉽게 살 수 있었다. 하야사카는 나중에 합류할 것이다.

셋이서 즐겁게 지낼 수 있을지 어떨지 최종 시험이다.

"그나저나 타치바나, 대체 뭐 하는 거야."

"지우는 중."

타치바나는 내 스마트폰을 만지고 있었다. 달라기에 빌려준 것이다.

"그래도 여자 연락처는 하나도 없잖아."

하야사카를 제외하면 고작해야 여동생 정도지만, "그거 말고." 하고 타치바나가 말했다.

"나, 마음 넓은 여친이라 남친 연락처 체크 같은 건 안 해."

"그럼 뭐 하는데?"

"시로, 여자 가수 노래만 듣지."

"여성 보컬이 고음이 깔끔하고 전자음이랑 잘 어울리거든."

"시로가 다른 여자 얘기할 때마다, 나 가슴이 아파."

지켜보니 타치바나는 내 스마트폰에 있는 음악 구독 앱을 켜서 라이브러리의 여성 가수 앨범과 곡을 지워나가고 있었다.

"앞으로 여자 가수 등록은 허가제야."

"바람 판정이 빡빡한 거 아냐?"

"아이돌은 절대 금지야."

"나, 아이돌 과몰입 의혹이 있어?"

"역시 연락처도 체크할래."

"마음 넓은 여친은 어디 갔어?"

타치바나는 한 차례 스마트폰을 체크하더니 내게 돌려주었다.

"그 여대생 연락처, 등록 안 했구나."

"그냥 알바 동료니까."

"나도 머리 염색할까?"

"됐어. 난, 지금 타치바나가 좋아."

"알아."

"알면서 물었지?"

"그야 뭐."

타치바나가 내 손을 쥔다. 그리고 조용히, 내 운동화를 로퍼로 살짝 밟았다. 뭔가 하고 싶은 말은 있지만 할 수 없다. 그런 느낌이었다.

나도 묻고 싶은 것이 있었지만 물어보지 못한 채 시간이 흘러갔다.

이윽고 노선 몇 개가 지나가는 환승역에 전철이 도착했고 하야사카가 올라탔다. 올라탈 차량은 미리 정해두었다.

"학교에서 이만큼 멀면 괜찮지?"

그렇게 말하고 하야사카가 옆자리에 앉아 나는 두 사람 사이에 끼는 모습이 되었다.

"시로 스마트폰, 체크해놨어."

"고마워!"

날 사이에 끼고 엄지손가락을 세우는 두 사람. 사이가 좋은 건 좋은 일이다. 하지만 곧——.

"타치바나, 손, 손."

하야사카가 나와 타치바나가 맞잡은 손을 보며 말했다.

"펴, 평등 규칙, 까먹었어!"

"……하야사카도 손잡으면 돼. 시로 오른손은 비었잖아."

"그건 내가 반대인데."

여긴 전철 안이다. 남자 고등학생이 여자 고등학생 둘과 좌우로 손을 잡은 도착적인 상황을 만들 순 없었다. 그렇게 설명하자 옆에서 하야사카도 "맞아! 그렇다구!" 하고 강하게 동의했다.

하지만 시침을 뚝 떼던 타치바나가 다음에 나선 행동은——.

"쿠울."

자는 척이었다.

"어허, 다 알거든?"

손을 놓으려 하자 더욱 강하게 쥔다. 어깨에 얹은 머리도 치우려 하지 않았다.

"어휴~!! 그럼 나도!"

"이러지 마, 하야사카!"

하야사카가 그만둘 리도 없었고 여자 둘과 손을 잡게 되었다. 그녀들의 요구는 흔쾌히 들어주고 싶었지만, 다른 승객을 당황하게 하는 건 본의가 아니었다.

"퇴근길 회사원 여러분이 이해 못 하고 두려워하시는데."

타치바나가 눈을 살짝 떠 주변을 둘러봤다. 그녀 나름대로 설명 가능한 상황으로 만들려 했으리라.

"…………오빠."

"오빠?!"

가족이니까 다 같이 손을 잡아도 괜찮다 그거야?!

"시로 오빠, 좋아해."

"억지가 심하잖아~."

하지만 타치바나는 더더욱 몸을 가까이 붙이고 어리광을 부리기 시작했다. 하야사카는 그 모습에 "타치바나, 그 설정으로 갈 거구나." 하고 납득한 표정을 지었다. 이봐, 이러지 마. 그러나——.

"키, 키리시마 오빠! 너, 넘 좋아!"

"……성으로 부르는 여동생은 세상에 없단 말이지."

그리고 하야사카는 여동생을 뭐라고 생각하는 거야?

결국 하나도 닮지 않은 두 여동생을 찰싹 붙이고 전철을 타고 갔다.

오늘은 이대로, 이 들뜬 분위기로 가리라 생각했다.

하지만, 그렇게 되진 않았다.

저녁 어스름 속, 역에서 경기장으로 향하는 인파에 섞여 걷고 있을 때였다.

"타치바나는 학교에서도 알콩달콩 지내니까 괜찮잖아!"

"하야사카야말로, 야, 야한 짓 잔뜩 하고 있으니까 좀 참아!"

"나, 날 그런 여자처럼 말하지 마!"

"그럼 아냐?!"

아니나 다를까 싸움이 시작됐다. 둘 다 즐기는 분위기마저 느껴지니 상관이야 없었지만, 하야사카가 기세를 죽이지 못하고 그만 말해버렸다.

"난 키리시마밖에 없단 말야! 타치바나는 상관없잖아, 지금도 야나기——."

그것은 우리가 의도적으로 줄곧 피해 오던 이름.

몇 초, 잠시 공백이 생겨났다.

"미, 미안해, 저기……."

하야사카는 당황해 입을 다물었다. 그리고 부자연스럽게 밝은 목소리로 "키리시마는 내 거란 말야!" 하고 말을 고쳤다.

하지만 이미 엎질러진 물이다. 타치바나의 표정에서 열이 가셨다.

"타치바나, 나 그러려던 게……."

"됐어, 사실이니까."

급격히, 우리 주변으로 현실감이 돌아왔다.

겨울의 추위, 경기장으로 향하는 인파, 하얀 가로등.

우리의 공유 관계는 아마도, 사실 그리 즐거운 것이 아닐 것이다. 어쩔 도리가 없어진 감정이 낳은 타협의 산물. 그러니 쌓이는 눈이 모든 걸 아름답게 덮어버리듯이 우리는 즐거운 대화로 모든 것을 덮어 가려야 했다. 청춘 여친이라든가 코미컬한 싸움으로.

진짜 감정과 자신들에게 불리한 것은 못 본 척하며——.

"시합, 기대된다."

나는 일단 그렇게 말해보았다. 없었던 일로 하려고 시도했다. 하지만 타치바나는 그런 기분이 될 수 없었던 모양이다. 시로, 미안해 하고 손을 놓고 말았다.

"나, 아직 슌 오빠랑 연락해."

갈 곳 없는 감정을 어찌해야 좋을지 모르겠다, 그런 표정을 짓고 있었다.

"친구라도 괜찮단 말에 거절 못 했어. 난, 슌 오빠한테 심한 짓을 했으니까."

야나기 선배는 자신이 무척 좋아하는 약혼자와 믿고 있던 후배가 무대 위에서 키스하는 장면을 눈앞에서 보고 말았다. 그럼에도 "이 일을 부모에게 말하거나 하진 않겠다, 한동안 이대로 있어 줘." 라고 타치바나에게 말했다고 한다.

선배는 화를 내도 좋았고 우리를 경멸해도 좋았지만, 타치바나를 좋아한다는 감정이 앞서 그 타치바나가 좋아해 줄지 모른다는 가능성 하나만으로 고개를 숙이고 부탁한 것이다. 나는 그때 선배의 갈등을 상상하면 괴로워진다.

"그래서, 아직도 만나. 슌 오빠가 날 좋아한단 걸 알면서……. 하지만 역시 슌 오빠에게 미안한 마음도 있어서……. 저기, 미안해."

"사과 안 해도 돼. 선배한테 심한 짓을 한 건 나도 마찬가지니까."

그때부터는 더 이상 분위기를 띄울 수 없었다.

문화제 직후의 파멸적 기분으로 돌아가고 말았다. 우리는 어디로도 갈 수 없다.

"미안해, 타치바나, 내가 이상한 소릴 하는 바람에……."

"하야사카는 나랑 슌 오빠에 대해 알고 있었지?"

"같이 풋살을 하니까……."

하지만 타치바나를 탓하진 않을 거라고 하야사카가 말했다.

"내가 아직 키리시마 옆에 있을 수 있는 건 타치바나의 그런 마음 덕분이니까. 선배랑 내게 상처를 줬다고 생각했지? 그래서 공유해준 거지? 나, 제대로 알고 있어. 고마워하고 있어. 그러니까 타치바나가 잘못했다곤 전혀 생각 안 해."

그리고 하야사카는 입을 다물었다. 시선은 경기장으로 향하는 인파를 향했다. 그 속에는 동년배의 연인처럼 보이는 남녀가 즐겁다는 듯이 손을 붙잡고 있는 모습이 있었다.

"셋이선 조금 밸런스가 안 좋구나."

그렇게 말하고 조용히 내 손을 놓았다.

"있지, 타치바나, 크리스마스 때 셋이서 보내는 건 그만둘까."

"그러게. 그러는 게 좋겠다."

셋이서 지낼 수 있을지 없을지 최종 시험은 맥없이 끝났다. 이 시험은 다시 말해 즐거운 연기를 어디까지 계속할 수 있느냐였고, 우리는 끝까지 할 수 없었다.

이렇게 축구 시합은 우리에게 있어 이미 결과가 정해진 의무 시합이 되고 말았다. 아름다운 잔디, 야간 시합, 음악. 주변이 열광하는 가운데, 셋이서 그저 멍하니 바라보고만 있었다. 필드의 빛이 비추는 그녀들의 표정은 멍해서 무슨 생각을 하는지 알 수 없었다.

가라앉은 분위기. 이렇게 오늘 밤은 끝나가리라 생각했다. 하지만——.

"이런 건 별로 같아. 셋이서 하는 마지막 데이트니까 이왕이면 즐거운 추억으로 남기고 싶어. 좋아하는 사람과 함께 있는데 즐겁지 않으면 거짓말이잖아."

하프 타임, 하야사카는 평소처럼 난처하게 웃으며 말했다.

"나, 마실 거 사 올게."

"나도 갈래."

둘이 함께 좌석을 떠났다. 즐거워지기 위한 작전을 생각하려는 것이리라. 두 사람이니 머리를 쓰면 쓸수록 나사 빠진 결과가 나올 것 같다. 그렇게 생각하고 있는데 생각보다 빨리 두 사람이 마실 것을 손에 들고 돌아왔다.

"자, 키리시마 거."

보리차라며 커다란 플라스틱 컵을 건네주었다.

다시 내 옆으로 앉는 두 사람.

하야사카는 보리차를 빤히 바라보다가, 결심한 듯이 입을 댔다. 컵을 기울여 괴로운 표정으로 꿀꺽꿀꺽 단숨에 마시기 시작했다.

"푸하앗!"

푸하앗?!

반대편을 보니 타치바나도 미간에 주름을 새기고 눈을 굳게 감고서 단숨에 마시고 있었다.

설마——.

나는 건네받은 컵에 입을 대 봤다. 아니, 야——.

"이거 맥주잖아!!"

나는 생각했다. 이 두 사람, 진짜로 브레이크란 게 없다.

◇

바에서 일하게 되며 알게 된 것인데, 술을 마시면 모두가 한결같이 기분이 좋아지는 게 아니다. 졸음이 쏟아지는 사람도 있으면 기분이 가라앉는 사람도 있다. 그리고 나는 머리가 아파지는 사람이었다.

"눈앞이…… 울렁거려……."

타치바나와 하야사카는 최고로 하이해지는 사람이었다.

"우와~! 들어갔다, 들어갔어, 고~올!! 넣었어, 키리시마! 너무 좋아!"

"굉장해! 1점? 1점! 아핫, 시로, 키스하자!"

축구 시합에 잔뜩 신나 맥락 없이 날 껴안았다.

그리고 시합이 끝나 경기장을 나와 역으로 향하던 때였다.

두 사람이 남들 시선을 신경 쓰지 않고 싸우기 시작해 일부러 사람이 없는 뒷골목을 걸었다.

"히카리는 치사해!"

하야사카가 말했다. 얼굴이 붉고 전체적으로 혀가 잘 돌아가지 않았다.

“키리시마도 야나기 선배도 있고 학교에서도 여친하면서 결국 다 가져갔잖아!”

“아, 아카네가 괴롭혀~!!”

타치바나는 유치원생처럼 되어 내 뒤로 숨었다.

“시로, 도와줘~!”

타치바나는 술에 취하면 울보가 되는 속성까지 있어 한층 더 귀찮았다. 그리고 취한 두 여자의 싸움에 끼어들 만큼 나는 목숨이 아깝지 않았다.

“아, 아카네도 치사하잖아!”

날 방패 삼아 타치바나가 반격했다.

“금세 망가진 것처럼 돼서, 그러면 시로가 어떻게 그냥 둬!”

“히카리도 키리시마밖에 만질 수 없다니, 어릴 적 약속인진 몰라도 그런 게 있으면 키리시마가 책임감에 당연히 계속 좋아하려고 할 거 아냐!”

“아니거든! 그런 거 없어도 시로는 날 좋아하거든!”

“글쎄~ 그럴까~?”

“아, 아, 아카네는 바보야!”

“바보오?! 진짜 화났어!”

하야사카가 몸을 부딪쳤다. 당연히 그걸 맞는 건 방패가 된 나다. 타치바나는 뒤에서 개 앞발처럼 동그랗게 만 손으로 비실비실 펀치를 날리며 맞섰다. 이 둘, 취하면 손까지 나간다. 다시는 마시게 하지 않겠다.

“아카네는 틈만 나면 몸을 쓴다니까! 그렇게 시로도 유혹한 거지!”

“나, 날 야한 여자처럼 말하지 마!”

“그치만 맞잖아. 항상, 항상 내 앞에서 보란 듯이!”

“히, 히카리가 그냥 부끄럽다고 안 하려는 거잖아. 그러니까 그 대학생한테 ‘안 해주는 여친’ 이라며 비웃음을 사는 거야!”

“시, 시로 때문이거든! 나도 부끄럽긴 하지만…… 억지로 해주면, 상관없단 말야.”

억지로는 내가 힘들대도.

“난 아예 내가 준비했거든?! 그랬는데, 그랬는데…….”

두 사람의 날카로운 시선이 날 향했다.

응? 이거, 나한테 불똥이 튀는 거야?

“시로, 나 ‘안 해주는 여친’ 아니지?!”

“키리시마, 왜 안 하는데? 다들 한단 말야!! 하자고!”

이 주정꾼들이, 엄청난 소리를 해대네.

그리고 좌우에서 잡아당기며 목을 붙잡고 흔들어, 점점 도는 취기에 머리가 아팠다. 눈앞이 반짝거린다.

아무튼 이 주정꾼 두 사람을 무사히 데리고 돌아가야 한다. 그런 생각에 무작정 걸었다.

그리고 정신을 차리고 보니——.

셋이서 러브호텔의 방 안에 있었다.

머릿속에서 하마나미가 소리를 지른다.

대체 왜!!

제21화 같이 망가지자

욕실에서 샤워를 하고 있었다.

머리에서 떨어진 거품이 물과 함께 배수구로 흘러간다.

신기한 감각이었다. 넓은 욕조도 수많은 어메니티도 모두 그런 행위를 위한 전 단계로 준비된 것이다.

러브호텔.

그저 그 행위만을 위한 공간.

처음에는 취한 두 사람의 지나친 장난인 줄로만 알았다. 실제로 장난기가 가득했던 두 사람은 함께 욕조에 들어가 제트 스파로 소란을 피우고서 "히카리는 몸이 예쁘네." "흐, 흐이익!" 하는 어딜 만지는가 싶은 대화를 나눈 뒤, 목욕을 마치고서도 목욕 가운을 입고 침대 위에서 이불로 몸을 돌돌 말고는 설치된 텔레비전으로 흠칫거리며 야한 동영상을 보고 마른침을 삼켰다.

나는 자제하기 위해 조금 떨어진 소파에 앉아있었다. 그리고 막차 시간이 가까워져도 돌아가려 하지 않는 두 사람을 보고 그녀들이 진심이라는 것을 깨달았다.

"타치바나랑 난, 서로 상대 집에 묵고 오는 걸로 했어."

두 사람은 이제 취해있지 않았다. 서로를 히카리, 아카네라고 부르지도 않았다.
취했다 한다면 이 공간에 취했다. 넓은 침대, 간접 조명이 비추는 실내, 머리맡에 놓인 콘돔. 행위에 대한 현실감이 들었다.
흥분보다도 긴장했다.
하야사카와 타치바나도 말수가 줄어들었다. 그리고 표현하기 어려운 압박감을 쏘아대길래 나는 욕실로 들어갔다.
샤워를 하며 생각했다.
앞지르기 금지 규칙은 어떻게 된 거지? 시간, 장소는 거의 같으니 문제없다는 생각인가? 아니, 그렇지 않다. 그녀들은 궤변 따위 늘어놓지 않는다.
몸을 닦고 속옷 차림에 목욕 가운을 두르고 머리를 말린 뒤 방으로 돌아왔다.
방 불은 꺼졌고 둘 다 머리까지 쏙 침대 안으로 들어갔다.
평범하게 잔다는 상황으로 귀결된 걸까.
그렇다면 그런대로 나는 소파에서 잘 뿐이다. 난방 설정 온도가 제법 높아 이불이 없어도 감기에 걸릴 일은 없을 것 같았다. 오히려 좀 더웠다.
그런 생각을 하며 침대 옆을 지나가려던 때였다.
"시로는 가운데야."
침대 안에서 튀어나온 타치바나의 손이 내 손을 잡았다.
"아니, 아무리 그래도 그건……."
"그런 거, 됐으니까. 난 소파에서 잔다느니 하는 그런 상식인 같은 행동, 진짜 필요 없어. 그리고 만족하는 건 소파에서 자는 사람뿐이잖아?"

그런 말을 들으니 그냥 침대 안으로 들어갈 수밖에 없었다. 이불에 들어가며 목욕 가운이 벗겨졌다. 가운데로 와서 알았지만, 둘 다 속옷 차림이었다. 피부와 피부가 맞닿았다.

"진짜로 할 거야?"

"할 거야."

하야사카가 말했다.

"그럼, 여친인걸."

"그래도 이런 상황에서──."

"셋이서면 이상해? 그럴지도 모르겠다. 근데 우린 이미 진작에 이상해졌잖아. 그랬는데 이제 와서 성실하게 굴려고? 안 하는 게 성실한 거야? 그런 건 전부 거짓말이야."

하야사카가 이불에서 머리를 내밀고 배게 위에 있는 스위치를 만졌다.

방이 살짝 밝아진다.

"타치바나, 키리시마한테 제대로 보여주자."

"……그래."

둘이 침대 이불을 아래로 떨어뜨리고 무릎으로 서서 그 몸을 드러냈다.

"아, 아무리 그래도 좀 창피하다."

하야사카는 부끄러운 듯이 몸을 돌렸다.

"으, 응. 역시 창피해……."

타치바나는 양손으로 자기 어깨를 안으며 몸을 꼼지락거렸다.

"그렇게 부끄러우면 억지로 안 해도――."

"안 돼, 제대로…… 봐 줘."

그렇게 말하는 타치바나의 눈이 팽글팽글 돌아간다. 연애 초보니까 무리하지 말지 싶었지만, "제대로 봐 줘." 하고 하야사카도 말했다.

"그치만 이거, 보이게 될지도 몰라서 준비한 거란 말야. 사는 것도 엄청 용기 내야 한다구."

두 사람이 입은 속옷은 평소 그녀들에게선 상상 못 할 만큼 선정적이었다.

광택 있는 새틴 원단. 하야사카는 분홍색에 검은색, 타치바나는 보라색과 검은색 스트라이프. 함께 사러 간 걸지도 모른다. 그리고 아래 입은 천이 무척 작았다.

"타치바나, 요즘 계속 이런 속옷 입어. 그래서 체육복으로 갈아입을 때 다들 놀린다구. 몰랐지? 그래도 타치바나는 키리시마랑 이런 일이 있을지도 모른다며 매일 이런 속옷을 입어."

끄덕하고 타치바나가 말없이 힘차게 수긍했다.

하야사카는 계속해서 말했다.

"부끄럽지만, 그런 일이 있더라도 괜찮게 이러는 거란 말야. 어때? 여기서 실은 부끄러운 거 맞지? 그러면서 신사답게 구는 게 성실한 거야? 그건 누구 자기만족인데?"

아마도 그 만족은 잘은 몰라도 이러한 행위에는 이렇게 하는 것이 정답이라는 이미지를 가진 사람이 타인과 자신을 그곳에 끼워 넣고 느끼는 만족이다.

물론 나도 일종의 올바른 이미지 같은 것을 갖고는 있었지만 ――.

"그거, 나도 타치바나도 바라지 않아."

하야사카는 엉금엉금 다가와 귓가에 속삭였다.

"키리시마는 공유하게 되고서 우리한테 속죄하겠다느니 하는 마음에 성실하게 대하려고 하고 있지? 뭐 하자는 건가 싶어."

하야사카의 표정이 점점 관능적으로 변했다.

"응? 나도 타치바나도 망가졌단 말야."

나는 타치바나를 보았다.

타치바나는 창피한 듯이 몸을 꼼지락거리고 있었지만, 지금, 그 눈은 무척 차가웠다. 잔뜩 변명하면서 어차피 제멋대로 혼자만 편해지는 성실한 행동 같은 걸 선택할 거지? 그렇게 경멸마저 하는 것처럼 보였다.

"어때? 키리시마는 어떻게 하고 싶어?"

하야사카가 또 귓가에 속삭였다. 숨결이 닿는다.

"같이 망가지자, 키리시마가 입만 산 남자가 아니라면."

그 말을 들은 순간.

나는 몸을 일으켜 키스보다 먼저 하야사카의 속옷 안으로 손을 쑤셔 넣고 있었다.

◇

하야사카를 고른 이유는 그저 그녀가 가까이 있었던 것이 전

부다.

다리를 벌리고 무릎으로 서 있던 하야사카의 허리를 안으며 다른 한 손으로 속옷 안을 뒤적였다. 이성을 날리는 것은 간단하다. 하야사카의 과격한 속옷 차림을 보고 하야사카의 육감적인 몸을 조금 만지면 그만이다.

"키리시마, 지금 자세, 너무 굉장해……."

처음엔 갑자기 만져 놀란 듯싶었지만 하야사카는 금세 몽롱한 표정을 지었다. 나는 손끝으로 열기와 촉촉함을 느꼈다.

"하야사카, 벌써 이렇게 됐어."

"그치만……."

"그치만, 뭐?"

다음 말을 재촉하며 손가락으로 훑었다. 부드럽게 미끄러지는 손끝에 점점 물기가 생겨났다.

하야사카는 달콤한 숨결을 흘리며 허리를 꺾었다.

"그치만, 상상했단 말야."

"뭘?"

"여긴 러브호텔이고…… 진짜로 할 거라고…… 키리시마가…… 내 안에 집어넣는다고……."

"그래서 이렇게 됐구나."

나는 속옷에서 손을 뺐다. 손가락에 묻은 물이 선을 그린다.

"부, 부끄럽게 하지마아……."

"끝까지 할 거 아냐?"

"그치만……."

하야사카는 토라진 것처럼 내게 기대었다.

그렇게 날 껴안으면서도 하야사카는 타치바나에게 시선을 보내고 있었다.

'내가 먼저 할게.'

하야사카의 눈이 조금 우쭐거리는 뉘앙스를 품고 있었다. 두 사람의 시선이 교차해 불똥이 튀는 것처럼 보였다.

하지만 타치바나는 불만스러운 표정을 지으면서도 '……그래.' 하고 말했다. 이럴 때 연애 초보인 타치바나는 아무래도 밀리고 만다. 그 자리에 털썩 주저앉고선 침대 시트 끝을 잡아 몸을 감추며 탐내는 듯한 얼굴로 이쪽을 본다.

그 시선이 어쩐지 기분 좋았다.

나는 하야사카의 몸을 껴안았다. 더울 정도로 틀어 놓은 난방 때문에 살짝 땀에 젖은 피부가 찰싹 달라붙은 것만 같았다.

나는 난폭하게 속옷 위로 그 흘러넘칠 듯한 가슴을 붙잡았다.

"나, 이제 안 참을 거야."

"키리시마, 그러면 돼. 좋아하는 여자애를 둘이나 자기 손에 쥐고 있는걸. 그러고 싶었지? 그렇게 됐잖아."

그렇다. 너무나도 내게만 좋은 상황이었다. 상황이 너무 좋아서 나는 그 장단을 맞추듯이, 속죄하는 듯한 마음을 연기하며 불행한 척 이 상황을 누리며 무언가에 용서받으려 하고 있었다.

무언가라는 것은 아마도, 세간의 일반적인 가치관이다.

그런 내 태도를 두 사람은 규탄한 것이다.

우리가 용서했으니까, 그것 말고 다른 건 필요 없잖아?

그런데도 그대로 멈춰선 나를 그녀들은 우유부단한 남자처럼 다뤘고 하야사카에 이르러선 입만 살았다고 말했다.

확실히 겁은 먹었을지 모른다. 마치 어린애였다. 수많은 사탕을 눈앞에 두고, 근데 이거 먹으면 엄마한테 혼나진 않을까 하고 망설이고 있었다. 먹고 싶은 주제에.

지금 타치바나와 하야사카는 세상에서 가장 달콤한 독을 먹으라 하고 있었다. 그것을 허락하고 말고 할 사람은 그녀들뿐이었고 그런 그녀들이 완전히 허락했다.

그쪽이 그런 감정을 부딪쳐온다면, 이쪽도 부딪칠 수 있는 욕망은 충분히 가지고 있다. 그렇게까지 말했으니 더는 망설이지 않겠다.

하야사카를 가지고 놀자.

정신이 나갔다. 완전히 바보가 되었다.

나는 하야사카의 브래지어 후크를 풀고 손을 집어넣어 마음대로 가슴을 주물렀다.

"전부는 안 벗길 거야."

"응, 그렇게 해줘. 그야 키리시마에게 보여주려고 입었는걸. 키리시마가 흥분하라고 입은 속옷이니까…… 키, 키리시마…… 어쩐지, 너무 세…… 아앙……."

"목소리 안 참아도 돼."

여긴 러브호텔이다. 나는 손가락으로 돌기를 만졌다. 그것은 금세 딱딱해졌다.

"키리시마, 그거, 좋아…… 기분 좋아…… 안 돼……."

하야사카는 이 공간에 취해 평소 내지 않을 법한 소리를 내며 평소 말하지 않을 법한 말을 하기 시작했다.

나는 방금, 타치바나가 차가운 눈으로 바라보았던 것을 떠올렸다.

그래서 하야사카의 뒤로 돌아 타치바나에게 보여주듯이 하야사카의 가슴을 왼손으로 붙잡고 오른손을 속옷 안에 넣어 뜨겁게 젖은 그곳을 손가락으로 휘저었다.

그 모습을 보는 타치바나의 얼굴은 뭐라 형용할 수 없었다. 질투와 분함과 호기심이 뒤섞인 표정을 띠며 줄곧 하얀 허벅지를 꼼지락거리며 움직였다.

하야사카는 타치바나의 시선을 깨닫고 더더욱 과장되게 헐떡대기 시작했다.

"키리시마, 굉장해, 나 엄청 느껴, 더는 못 참겠어, 더 해줘, 더 엉망진창으로 해줘."

그곳은 화상을 입을 정도로 뜨겁게 열이 올랐고 조금 전보다 부드러웠으며 점점 안쪽에서 흘러넘쳤다. 나는 손가락을 틈을 따라서 뿐 아니라 옆으로도 움직였다. 더 느껴 봐, 그렇게 생각했다. 그렇게 말했으니 하야사카도 그 양으로 지금 기분을 표현해 봐, 그런 마음이 들었다.

그리고 금세 하야사카의 몸이 나의 그 요구에 답했다.

"싫어, 부끄러워, 너무 소리 내지 마아……."

하야사카의 몸이 더욱 땀으로 젖어간다.

목을 비틀어 이쪽을 바라보길래 그 혀를 빨았다. 가슴을 잔뜩 주무르고 키스를 하며 몸 이곳저곳을 계속 마음대로 만졌다.

"너무 좋아…… 키리시마의 장난감이 됐어."

하야사카는 내게 아양을 떨며 자신의 흐트러진 모습을 타치바나에게 보여주는 것에 흥분했다. 하야사카는 공유를 허락해준 것을 빚이라 여기며 타치바나에게 졌다고 생각했으나, 지금 이 순간 이런 행위를 하고 있는 것은 다름 아닌 자신이며 타치바나는 할 수 없는 행위를 하고 있는 것을 기뻐했다.

"하야사카, 혀 더 내밀어."

난 타치바나가 야나기 선배와 여전히 연락하는 것이 정말로 마음에 들지 않았고, 또 손을 잡았다는 사실을 감추고 있었다는 것이 더더욱 마음에 들지 않았다.

그래서 이 행위를 보란 듯이 타치바나 앞에서 해 보였다.

타치바나의 가정 사정이나 우리가 먼저 야나기 선배에게 심한 짓을 했다든가 하는 이유를 꺼내 들어, 그러니 어쩔 수 없다며 어른스럽게 행동할 수도 있었지만, 감정을 플러스와 마이너스로 산수처럼 판단하는 것을 그만두라고 한 건 그녀들이었기에 감정을 숨김없이 드러낸 나는 그저 보여주고 싶었다.

"두, 둘 다…… 너무 심했어……."

타치바나는 우리의 행위를 지켜보는 것으로 자신에게 벌을 주고 있었다. 한결같을 수 없는 자신을, 손을 잡은 것을 감추고 거짓말을 한 자신을 벌주고 있었다. 그리고 행위를 보게 된 타치바나도 괴롭기만 한 것이 아니었다. 타치바나는 개가 되거나, 창피해하면서도 억지로 해 달라고 하는 경향이 있는 여자아이였고, 그렇기에 지금 상황에 흥분하고 있었다. 그것은 불만스러운 표정을 지으면서도 볼을 붉히고 시트로 감추며 그 가냘픈 손가락을 자기 속옷 안에 넣고 움직이고 있는 것에서도 알 수 있었다. 내가 하야사카의 속옷 안에서 손가락을 격렬히 움직이면 타치바나의 손가락도 마찬가지로 격렬히 움직였다.

뜨겁고 축축하며 물소리가 이는, 정신이 나갈 것만 같은 공간.

숨김없이 드러난 감정이 교차하니 최고로 기분이 좋다.

우리 세 사람은 도착적 쾌락에 빠졌다. 그러는 사이 물소리는 점점 격해졌다. 하야사카뿐만 아니라 타치바나의 소리도 섞였다.

"싫어, 안 돼애, 이러면, 앗, 온단 말야, 키리시마, 키리시마!!"

하야사카는 앞으로 몸을 구부리며 전신을 떨었다.

내가 손가락을 넣은 속옷 사이로 뚝뚝 물방울이 시트에 떨어졌다. 스스로 계속 만지던 타치바나도 동시에 어깨를 떨며 황홀한 표정을 지었다.

세 사람의 거친 숨소리가 방을 채웠다. 하지만 마지막까지 하는 오늘 밤은 여기서 끝나지 않는다.

"이번엔 내가 키리시마를 기분 좋게 해줄게."

완전히 열이 오른 하야사카가 응석을 부리듯이 기댄다. 힘을 쭉 빼고 체중을 실어서 나는 침대에 뒤로 쓰러졌다.

"키리시마, 좋아해. 키리시마, 내 몸 써 줘. 기분 좋게 써 줘."

하야사카는 이성의 끈을 놓아버린 모양이다. 위에 올라타 몸을 비비며 마구 키스를 하고 내 목덜미를 핥고 쇄골을 핥으며 이곳저곳을 핥기 시작했다.

젖은 혀가 피부 위를 지나가자 등줄기에 쾌감이 달렸다. 하야사카의 땀에 젖은 허벅지가 내 허벅지와 겹치며 매끄러운 속옷의 감촉이 느껴졌다.

내 위에 올라탔기에 당연히 하야사카의 그곳이 내 것과 닿았다.

닿은 순간, 하야사카의 얼굴에 희색이 퍼졌다.

"이거, 키리시마가 흥분해서 이렇게 된 거지? 날 매력적이라고 느껴준 거지?"

"그래, 이제 나, 그냥 하고 싶어졌거든."

"응, 그런 키리시마가 좋아. 이런 게 좋아."

흐트러진 하야사카의 모습은 요염했고, 몸은 뜨겁고 말캉말캉 부드러워 나는 내 욕망을 그녀에게 부딪치고 싶었다. 그래서 밑에서 감정에 몸을 맡기고 허리를 들어 올렸다.

"너무 좋아, 키리시마 거, 제대로 느껴져."

하야사카가 몸을 일으켜 허리를 움직이기 시작했다. 서로 속옷 너머로 비비고 민다. 나는 하야사카의 촉촉함과 열기를 느꼈다.

하야사카는 헐떡이며 타치바나를 보고 엷게 웃었다.

타치바나는 화난 표정을 지었으나 손가락은 움직이고 있었고 속옷 색깔도 변했다.

"키리시마, 더 기분 좋게 느껴줘, 내 몸으로 더 기분 좋게 느껴줘."

하야사카가 쓰러져 키스해 온다. 그 사이에도 허리를 계속 움직이며 질척하게 젖은 속옷을 비볐고 나는 흥분해 허리를 띄웠다. 점점 둘 다 흥분한다. 내가 혀를 내밀면 하야사카는 열심히 빨았다. 둘 다 땀범벅이 되어 체액이 뒤섞인다.

나는 하야사카의 부드러운 가슴을 붙잡았다. 더 흐트러진 모습이 보고 싶어 강하게 쥐었다. 하야사카가 새된 교성을 지르며 운다. 그 목소리에 내 머릿속이 더더욱 터져나간다. 하야사카의 볼을 따라 흐른 땀이 내 가슴에 떨어진다. 내 속옷은 이미 하야사카의 그곳에서 새어 나온 물로 젖었다.

"좋아, 더 해줘. 키리시마 마음대로 해도 돼. 마음대로 해줘."

나는 하야사카의 몸을 만끽했다. 목덜미를 핥고 가슴을 주무르며 허리를 만지고 허벅지도 만졌다. 하야사카의 눈은 이미 초점이 맞지 않아 그저 헐떡이며 허리를 움직였다.

나는 강한 압박을 느끼고――.

"하야사카, 나, 이제――."

"키리시마, 좋아해, 좋아해, 좋아해!"

하야사카가 간다는 소리를 연발하며 온몸을 떤 순간――.

나도―― 허리가 빠질 듯한 쾌감과 함께 속옷 안에 쌌다.

"뭐야, 이게…… 굉장해…… 키리시마 생각밖에 못 하겠어……."

하야사카는 여운에 젖어있었다. 그 표정은 그저 한결같이 요염했다. 힘없이 벌린 입에서 침이 흘렀고 땀에 젖은 머리카락이 뺨에 달라붙었다.

"엄청 불끈거렸어……."

그렇게 말하며 내 속옷에 손을 댄다.

나는 쾌감에 머리가 멍한 상태라 아무 말도 하지 못했다.

"날 가지고 기분이 좋아진 거지? 다행이다, 키리시마, 날 제대로 좋아했구나…… 이게 그 증거야……."

하야사카는 내 속옷 안에 손을 넣어 그것을 손가락에 묻히더니, 몽롱한 눈동자로 바라본 뒤 그걸 핥고서 말했다.

"이거, 안에 싸 줘."

"뭐?"

"끼지 말고…… 하자."

나는 힘이 빠진 상태라 무슨 소릴 하는지 조금 이해할 수 없었다. 다만 하야사카가 터무니없는 소릴 했단 건 알 수 있었다.

"키리시마가 안에 들어오면, 나, 엄청날 거야. 그래서, 이렇게 뜨거운 걸 싸면, 분명 엉망진창이 될 거야. 다시는 돌이킬 수 없을 정도로, 엉망진창으로 좋아질 거야. 정말로 바보가 될 거야."

하야사카의 눈은 제정신이 아니었다.

"응? 하자. 엉망진창이 되자. 되고 싶지? 될 거지?"

하야사카는 황홀한 얼굴로 내 몸을 만졌다.

"나, 키리시마를 엄청 기분 좋게 해줄 수 있어. 당연하지, 이렇게 좋아하는걸. 이렇게 돼버렸는걸. 하고 싶지? 응? 하고 싶지?"

나는 상상했다. 하야사카 안에 들어가 그 안쪽을 느끼며 뜨겁고 촉촉한 몸을 세게 끌어안고 서로 녹는 듯한 키스를 나눈다. 그것은 무척 기분 좋으리라.

"나, 더 좋아질 수 있어. 해주면, 키리시마가, 더, 더 좋아질 수 있단 말야."

하야사카는 그렇게 말하며 젖어서 준비를 마친 그곳을 속옷 너머로 들이댔다.

"키리시마도 분명 더 좋아질 거야. 왜냐하면 날 좋아한다는 마음을 전혀 느끼지 못했는걸. 하면, 전해질 거야. 직접 이어지는 거니까. 분명 전해질 거야."

확실히 그럴지도 모른다. 직접 이어져 둘이서 엉망진창이 되어 감정까지 서로에게 부딪친다면 우리는 서로 어긋날 일도 사라지고 서로를 진심으로 이해할 수 있을지도 모른다.

"키리시마에게 전하고 싶어. 굉장하거든? 나, 굉장해질 수 있어. 키리시마도 분명 엄청 기분 좋아질 거야."

하야사카는 그 너머를 상상했는지, 다시 허리를 움직이기 시작했다.

"키리시마, 키리시마……. 나…… 또…… 아아…… 아아아…… 이거, 굉장해애……."

문란하게 흐트러진 하야사카. 그 부드럽게 젖은 몸에 성욕을 부딪치고 싶어 나도 흥분했다.

"아아아, 키리시마 거 굉장해, 좋아. 이대로 하자, 응? 키리시마를 속으로 느끼고 싶어. 나 미쳐버릴 거야. 큰 소리로 헐떡이면서, 잔뜩 싸버릴 거야."

멈추지 않고, 계속 갈 거야.

그래도 괜찮지, 엉망진창이 돼버려도 괜찮지? 그렇게 하야사카가 말했다.

"하자, 엉망진창이 되자, 나, 엉망진창으로 되고 싶어."

하야사카가 내 속옷에 손을 댔다.

나는 하야사카의 속옷을 옆으로 제쳤다.

이 흐름은 이제 막을 수 없다.

그리고 드디어 처음으로 그걸 하려고 했을 때——.

"거기까지 해."

열에 들뜬 방에 차가운 목소리가 울렸다. 타치바나다. 하야사카의 팔을 세게 붙잡고 있었다.

"이제 그만해. 충분하잖아."

열이 가신 날카로운 표정. 그러나——.

"싫어, 꼭 할 거야."

하야사카는 떼쓰는 아이처럼 굴며 타치바나의 손을 뿌리치려 했다.

"그냥, 할 거란 말야. 키리시마도 하고 싶어 한단 말야. 내가 할 거란 말야."

색욕에 들뜬 하야사카는 이제 타치바나 같은 건 안중에도 없이 거친 숨을 내쉬며 내 속옷을 붙잡으려다가——.

"그만하라고 했잖아!"

메마른 소리가 울렸다.

격앙한 타치바나가 하야사카의 뺨을 때린 것이다.

무심코 나까지 제정신을 차릴 만한 따귀.

괜찮을까 싶었지만 하야사카는 볼을 붙잡으며 옅게 웃었다.

"그치, 처음부터 알고 있었어. 러브호텔에 온 시점에서 끝까지 할 수 있을 리가 없지."

사실은 타치바나가 꼭 먼저 하고 싶었을 테니까 하고 하야사카가 말했다.

"나도야. 해버리면 키리시마를 잊을 수 없게 될 거고 키리시마를 분명 바보처럼 좋아하게 될 거고 절대 놓치고 싶지 않게 될 거고, 만약 그렇게 되면, 그런 걸 해버리면——."

하야사카는 그때 일을 상상했는지, 흥분한 표정으로 말했다.

"공유 같은 건 절대 안 해. 무슨 일이 있어도 못 넘겨줘. 타치바나도 그렇잖아?"

◇

전철 첫차에 셋이 나란히 앉았다.

차량에는 달리 아무도 없었고 규칙적인 소리가 줄곧 울리고 있었다. 하얗게 밝기 시작한 하늘, 우리의 말수는 적었다. 조용한 빌딩들을 차창으로 그저 바라보고 있었다.

그 뒤, 우리는 냉정함을 되찾고 크게 반성했다. 타치바나는 뺨을 때린 것을 하야사카에게 사과했고 나와 하야사카는 부적절한 쾌락에 빠진 것을 사과했다. 하지만 타치바나도 조금 즐겼지? 그렇게 하야사카가 묻자 타치바나는 입을 비죽 내밀었다.

어찌 됐든 우리는 두 가지 금지 사항을 추가로 정했다.

하나는 음주 금지.

미성년자이니 당연했고 분위기를 밝게 만들기 위해 맥주를 원샷하자는 두 여자아이의 난잡한 발상이 몹시 위험했다.

그리고 또 하나는 야한 행위 일절 금지.

이것은 타치바나가 꺼낸 말이다. 안 좋은 일이 벌어질 게 뻔하단 것이 그 이유였다.

나와 하야사카는 둘 다 당연히 대꾸할 수 없었다. 그리고 우리가 제멋대로 저질렀기에 평등 원칙에 따라 타치바나는 앞으로 딱 한 번 야한 행위를 할 수 있게 되었다. 타치바나 왈, "난 '귀여운 거' 밖에 안 해."

그렇게 우리는 침대 위에서 대 반성회를 거쳐 따로따로 샤워를 하고 옷도 빠짐없이 입고 모두와 제대로 거리를 두고 잤다. 일어났을 때 지난 일은 꿈이었던 셈 치자. 아니, 진짜 꿈이었을걸? 하고 셋이서 고개를 끄덕였다.

우리는 그런 식으로 코미컬해질 수도 있었고 지금처럼 전철 첫차에 앉아 쓸쓸한 감상에 빠질 수도 있었다.

하지만 이런 담백한 표정 밑에, 몸에 걸친 옷 아래에, 뜨거운 피부와 나이프 같은 감정이 있다는 것도 알고 있었다. 그래서

——.

"이제 억지로 셋이 있을 필요는 없겠다."

타치바나가 말했다. 내릴 역이 다가온 그녀는 자리에서 일어나 있었다.

"그러게."

하야사카가 고개를 끄덕였다. 그 표정이 어쩐지 나른해 보였다.

"어젯밤 그게 우리의 본심인걸. 셋이 있어도 싸움만 날 뿐이야."

"크리스마스는 시로가 고르게 할까?"

"그럴 수밖에 없지 뭐."

"그럼 난, 여기서 내려야 하니까."

전철이 멈추고 타치바나가 차량에서 내렸다.

타치바나는 한 번 뒤를 돌아본 뒤, 무언가 말하고 싶은 얼굴로 날 바라보았지만 결국 등을 돌리고 떠났다. 문이 닫히고 전철이 출발한다.

"아무렇지도 않게 중요한 일이 정해졌네."

내가 말하자 하야사카는 장난스럽게 웃었다.

"안 고르면 나 울 거야."

"압박감이 굉장하단 말이지."

"에헤헤."

내겐 웃을 일이 아니었다. 크리스마스, 둘 중 누구와 지낼 것인가. 그것은 사실상 두 사람의 우열을 가리는 것이라 생각만 해도 머리가 아팠다.

"그래도 어차피 키리시마는 타치바나를 고를걸. 난 알아."

"나, 하야사카를 좋아하는 마음은 진짜야."

"그래도 역시 첫 번째는 타치바나야. 그래서 타치바나네 가정 사정도 냉정하게 해결하려 하고 있잖아?"

나, 알고 있어 하고 하야사카가 말했다.

"어젯밤에도 타치바나가 야나기 선배랑 연락하고 있단 걸 들었는데 하나도 안 놀랐잖아. 그야 그렇지. 왜냐하면——."

처음부터 다 알고 있었으니까 하고 하야사카가 말했다.

"키리시마, 아직 야나기 선배랑 친하게 지내지? 문화제 뒤로도 계속. 영문을 모르겠어."

제21.5화 사카이 아야의 졸업 시험

방과 후, 하야사카 아카네의 방에서 수다를 떨고 있었다.

키리시마가 아르바이트로 바빠 그 적적함을 달래기 위해 날 불렀다는 느낌이었지만, 아카네는 몇 없는 친구였고 제대로 차와 과자까지 내어줘 그건 용서하기로 했다.

"그래서, 야나기 선배랑은 어때?"

"……타치바나 일로 엄청 상담받았어. 난 아무 말도 못 해줘서 계속 듣고만 있는 느낌."

밤, 아카네에게 야나기 선배로부터 전화가 걸려 올 때가 있다고 한다. 목욕하고 나온 잠옷 차림으로 좋아하는 남자와 긴장하며 전화하는 아카네를 상상하고 귀엽다고 생각했다.

"어째 희망이 있어 보이는데."

남자가 연애 상담을 해 올 때는 '나 차이면 너한테 가도 돼?' 이런 상황의 전조인 경우가 잦다. 물론 그렇지 않은 경우도 있지만 호의적이란 사실은 틀림없다.

"그러면 키리시마랑은 어떻게 하게?"

"어? 뜨, 뜨엑?!"

아카네는 컵에서 홍차를 뿜어낼 뻔했다. 아카네는 날 연애에 둔감한 수수한 여자아이라고 생각하고 있었다.

"웨, 웬 키리시마?! 나, 나, 아야한테 아무 말도 안 했지?"

"응. 그래도 좋아하잖아."

"그, 그걸 어떻게 알았어?"

"어? 모를 줄 알았어?"

아카네는 포기하고 모든 걸 털어놓았다. 그 내용에 나는 살짝 놀랐다. 어느 정도는 알고 있었지만, 설마 공유까지 갔을 줄이야――.

"그래도 있지, 나, 키리시마에게서 졸업하려고 해."

"왜?"

"왜냐하면, 키리시마는 날 선택해주지 않을 테니까. 더는 좋아해도 소용이 없어. 기다려도 오지 않는 사람과 죽은 사람은 똑같다, 그런 말도 있잖아?"

"굉장한 소릴 하네?"

그리고 있지, 하고 아카네는 말을 이었다.

"타치바나랑 키리시마가 서로 좋아하는 데 내가 억지로 사이에 끼게 해달라고 부탁한 거니까. 그래서 지금은 마음의 정리가 되지 않아서 이럴 수밖에 없지만, 마음 어디선간 키리시마에게서 졸업해야 한다고 생각하고 있거든."

"흐음, 그러면 내가 시험해줄게. 제대로 졸업할 수 있을지, 졸업 시험."

"그거 재밌겠다!"

아카네는 영문 모를 의욕을 내며 주먹을 불끈 쥐었다.

"그럼 폰 줘 봐."

"왜?"

"키리시마 번호 지우게."

"아, 안 돼~!!"

아카네는 스마트폰을 껴안듯이 감추며 "지금은 아직 연락 못 하면 안 된단 말야, 이건 마지막에!" 하고 말했다. 뭐, 일리는 있다.

그럼 하고 나는 책상 위에 놓아둔 진로 희망 조사 프린트를 바라보았다. 국공립 이과 계열에 동그라미가 쳐져 있을 뿐, 구체적인 대학 이름은 적지 않았다.

"키리시마는 아마 자취할 여유가 없어서 시내에 있는 대학에 가고 싶다고 그랬지……."

나는 펜을 들고 책상으로 향했다.

"아카네는 멀리 있는 대학에 가자."

그렇게 말하고 교토에 있는 대학을 적으려 했다. 그러나——.

"아, 안 돼~!!"

아카네가 또다시 저항했다.

"멀리 가야 못 만나서 금방 잊을 수 있을걸?"

"난 안 잊을 거란 말야! 아니, 그게 아니라…… 그, 저기, 우, 우리 집도 그렇게 여유롭진 않아서 자취는 관두는 게 좋다고 해야 할지 뭐라고 해야 할지……."

"……흐음."

다음으로 방 안을 둘러보니 책장 위에 게임 캐릭터 열쇠고리를 걸어놓은 것이 보였다. 귀여운 몬스터였지만, 아카네는 그 게임을 하지 않았다.

"저건?"

"키리시마가 오락실에서 뽑아줬어."

다음 순간, 나는 열쇠고리를 붙잡아 그대로 쓰레기통에 버리려 했다. 하지만 "안 돼!!" 하고 아카네가 양손으로 팔을 붙잡았다.

"왜 그렇게 심한 짓 하는데?! 키리시마와의 추억의 열쇠고리란 말야!!"

울음을 터트릴 것만 같은 얼굴로 그런 소릴 했다. 방금 졸업하고 싶다고 말했던 것 같은데, 그건 다른 사람이었을까. 이어서 머리맡에 영화 티켓이 있는 것을 발견하고 다가가려 했지만 "흐그윽." 하고 앓는 소리를 내며 달라붙은 아카네의 넬슨 홀드에 당하고 말았다.

그 뒤로도 격투를 이어갔지만, 결국 도중에 내가 귀찮아져 다시 둘 다 좌식 의자에 앉아 차를 마시는 티타임으로 돌아갔다.

"……아카네, 진짜로 키리시마 포기할 생각 있어?"

"이, 있어!"

그런 말할 자격이 있나? 싶었지만 그녀 나름대로 노력하고 있다는 모양이다.

"알잖아. 남자애가…… 날 야, 야한 눈으로 보는 거 싫어하는 거."

"그런 몸으로 말이지."

"아, 아야!"

얼굴을 새빨갛게 물들이는 아카네. 나는 "그래, 알았다 알았어." 하고 달래며 다음 얘기를 재촉했다.

"그래서 있지, 그걸 극복하려고 남자애들이 많은 곳에서 알바를 시작했어."

"어디?"

"메이드 카페!"

"……어째, 그렇다, 클래식하네."

"뒤, 뒤처졌단 소리야?"

요즘은 코스프레 카페 같은 곳이 더 트렌드가 아닐까?

"그, 그래도 그것도 하거든. 강아지 귀도 달거든."

"그렇게 속성 추가하는 게 맞아?"

아카네는 메이드 카페에서 아르바이트를 시작했단 걸 키리시마에겐 말하지 않았다는 모양이다.

"나, 아주 조금 키리시마에게 의존하는 경향이 있잖아."

"응, 아주 조금 있지."

"항상 키리시마한테 도움만 받아서, 혼자서 해결해보려구. 언제까지고 의지만 할 순 없으니까."

확실히 아카네가 자신에게 이런저런 기대를 품는 남자들에게 불편한 마음을 없애면 연애 선택지의 폭도 넓어져 키리시마를 의존하지 않게 될지도 모른다.

"그래도, 그렇게까지 해야 하는 걸까?"

나는 컵을 내려놓고 일어섰다.

"아카네가 타치바나에게 지고 있단 생각은 안 드는데."

"어?"

"그럼 슬슬 갈게. 정신없어서 피곤하기도 하고."

"미, 미안해."

"아니야, 오랜만에 즐거웠어."

돌아갈 준비를 마치고 코트를 입고 방을 나가려 했다. 그런 내 옷소매를 잡아당기며 "저기 있지, 아야." 하고 아카네가 머뭇머뭇 물어보았다.

"……그래서, 내 키리시마 졸업 시험 결과는?"

나는 목을 스트레칭한 뒤 안 어울리게 소리를 질렀다.

"불합격이지!!"

제22화 참신한 애정 표현

휘둘리고 있다.

지금까지 나는 사랑에 대해 제법 자각적이며 명확한 의도를 가지고 임했다. 세간의 사랑에 대한 이미지에 휩쓸리지 않았고 자포자기하지도 않았으며 제대로 생각하고 행동했다. 그것이 진짜 성실함이라고 생각했기 때문이다.

어떻게 사랑할 것인가. 제대로 앞일과 상대의 감정을 상상하며 계획을 세운다.

메소드 앤드 프랙티스, 가설 검증 행위.

하지만 지금 내게 비전은 없었다. 그저 하야사카와 타치바나에게 억지로 끌려다녔다. 두 사람의 행동에 대응하는 것만으로도 벅차서 마치 끝없는 방어전 같았다.

내게 더 이상 주도권은 없었다. 아무것도 컨트롤할 수 없었다. 그리고 날 억지로 끌고 가는 것은 하야사카와 타치바나뿐만이 아니었다. 또 다른 한 명——.

"굉장한 곳에서 알바를 하네."

평소처럼 라이브 바에서 감자 껍질을 까고 잔을 닦으며 바 카운터 안에서 맥주를 꿀꺽꿀꺽 마시며 일하는 쿠니미 씨를 상대한 뒤에 있었던 일이다.

아르바이트 시간이 끝나 뒷골목에 쓰레기를 내놓고 집으로 가기 위해 가게를 나섰다.

거기서 그 사람이 날 기다리고 있었다.

"키리시마, 잠깐 시간 되냐?"

야나기 선배였다.

우리는 전철을 타고 동네 역으로 돌아가 심야 영업을 하는 도넛 가게로 들어갔다. 중학생 때부터 나와 마키, 선배, 셋이서 놀다가 배가 고프면 이 가게에 자주 왔다. 그리고 지금은 단둘뿐. 밤이 늦어 손님은 뜸했다.

"커피랑 항상 먹던 거로 괜찮지?"

"제 건 제가 낼게요. 알바도 하니까."

"됐어."

가게 안쪽 자리에서 마주 앉았다. 나는 심플한 도넛을 손가락으로 찢어 한쪽을 입에 던져넣었다.

"입, 괜찮냐?"

"조금 찢어졌는데 다 나았어요."

"그때는 미안했다."

문화제 무대에서 타치바나와 키스했다. 그리고 그날 밤, 나는 야나기 선배에게 불려 갔다. 강을 따라 만들어진 보도를 자전거를 타고 가자 야나기 선배가 서 있었다. 가로등에 비친 그 표정은 무슨 생각을 하는지 알 수 없는 메마른 것이었다.

"언제부터야?"

질문에 나는 여름 합숙 때는 이미 서로 좋아하고 있었다는 사실을 고백했다. 선배는 "그래." 하고 말한 뒤 주먹으로 내 볼을 때렸다. 나는 입안이 찢어지는 데 그치지 않고 뒤로 쓰러져 엉덩방아를 찧었다.

선배가 때린 것도 내가 맞은 것도 그렇게 하면 어찌할 방도가 없는 이 상황이 바뀔지도 모른다는 근거 없는 희망이 있었기 때문이리라. 하지만 결국 그냥 그럴싸하게 행동해봤을 뿐, 아무런 의미 없는 일이었다.

"때린 내가 더 아픈 것 같은데……."

선배는 손을 내저으며 말했다. 괴로운 표정을 보니 때린 자신에게 무척 혐오를 느꼈던 모양이다. 선배는 남을 때릴 만한 사람이 아니었고 그런 선배를 그렇게 만든 것은 틀림없이 나였다.

그리고 나는 맞으면 속이 시원해지지 않을까 싶었지만, 역시나 전혀 그럴 리가 없었고 그저 볼이 욱씬욱씬 아플 뿐이었다.

그 뒤로 우리는 잠시 입을 다물었다.

"일이 이렇게 됐지만 난 아직도 히카리를 좋아해."

그렇게 말하는 선배는 혼란스러워 보였다.

"나, 바보지?"

이후로 나는 선배와 이렇게 가끔 대화를 나누었다.

그래서 타치바나가 선배와 연락하고 있는 건 처음부터 알고 있었다.

내가 도넛을 먹는 사이 선배는 지친 얼굴로 커피를 마셨다.
의자에는 무거워 보이는 가방이 놓여 있었다. 선배가 다니는 학원은 내가 아르바이트를 하는 라이브 바 근처에 있었다. 그래서 선배는 내가 가게에서 나오길 기다린 것이다.
"비겁하지."
선배는 힘없이 웃으며 말했다.
"난 너한테만 화내고 히카리에겐 화내지 않았어. 히카리가 좋아해 줄 가능성을 조금이라도 남기고 싶었으니까. 난 네게 화를 내면서도 머리 한구석으론 어떻게 하면 키리시마에게서 히카리를 빼앗을 수 있을지 생각했어. 교활하지."
감정을 억누른, 무척 합리적인 선택이라고 생각한다.
"보람이 있었는지 얼마 전에는 히카리와 손을 잡았어."
"……알아요."
"히카리가 말했어?"
"알바 선배가 우연히 봤거든요."
"딱히 히카리가 바람을 피우려는 건 아니야."
나는 "네." 하고 대답했다. 눈앞에 있는 선배의 얼굴은 조금 야위었지만, 역시나 잘생겨서 타치바나가 그런 사람과 손을 잡았다고 생각하니 가슴이 아팠다. 지금 당장에라도 타치바나에게 연락해 그 사실을 따지고 싶었다. 그런 이기적인 초조함을 느꼈다.
"파고들고 있거든. 그 애의 죄책감에."
선배가 말했다.

"그런 일이 있고서, 그런데도 내가 용서하고 약혼자인 채로 있어 달라고 부탁하면 조금씩 이렇게 될 줄은 알았지. 집안 사정이 있으니까. 내가 생각해도 비겁하고 한심하다고 생각해. 하지만 덕분에 히카리는 날 다른 잡다한 남자들이 아니라, 집이 정한 약혼자도 아니라, 처음으로 야나기 슌이라는 하나의 인간으로서 인식해줬어."

히카리는 착하거든, 하고 선배가 말했다.

"동정이지. 내가 매달리듯이 옆에 있게 해달라고 부탁하는 한심하고 비겁한 녀석이라, 타치바나 히카리는 내 부탁을 거절할 수 없어."

선배가 말하는 대로다. 선배가 정말로 강하고 상쾌하며 멋지기만 한 사람이라면 타치바나는 변함없이 선배를 그저 '집에서 정한 약혼자'로 대했을 것이다.

"히카리가 혼란스러워하고 괴로워한다는 건 알아. 널 좋아한다는 마음과 나에 대한 죄책감과 동정 때문에. 하지만 난 히카리를 더 흔들어야 해. 그게 비겁할지라도 히카리를 더더욱 괴롭게 만들지라도."

그렇다. 선배가 타치바나를 손에 넣기 위해서는 그럴 수밖에 없다. 타치바나가 지금 마음에 그대로 안주하고 만다면 호의의 화살표가 선배를 향할 일은 없다.

"키리시마랑 히카리는 첫사랑이지?"

"네."

"어릴 적 약속 때문에 히카리는 키리시마 말고 다른 남자는 만질 수 없지."

"……맞아요."

"야, 키리시마, 난 생각해. 뒤늦게 온 남자에겐 기회가 없을까? 첫사랑을 이길 순 없나? 포기해야만 하나? 난, 그렇겐 생각 안 해, 그러고 싶지 않아."

사람 마음은 변하는 법이잖냐 하고 선배가 말했다.

"난 너한테서 타치바나 히카리를 빼앗을 생각이다."

"……선배."

"다음 주말, 히카리를 풋살에 꼬셨어."

"타치바나가 간다고 그랬어요?"

"아니, 아무리 그래도 거절했지. 널 생각해서 그랬을 거야."

다만 선배가 매달리자 "시로가 오면……."이라고 괴로운 나머지 승낙했다고 한다.

"키리시마, 보러 와라."

"선배에게 마음을 열기 시작한 타치바나를요?"

그 모습을 보는 건 무척 가슴 아플 것이다. 하지만——.

"아니."

선배는 테이블 위로 몸을 내밀었다.

"날 보러 와."

"네?"

내가 당황하든 말든 선배는 내 눈을 똑바로 바라보며 말했다.

"비참해진 내 모습을 보러 와라, 키리시마 시로."

◇

토요일, 나는 야나기 선배가 주최하는 풋살에 참가하기 위해 커다란 가전제품 전문점 건물의 옥상으로 향했다. 탈의실에서 체육복으로 갈아입고 밖으로 나오니 녹색 그물에 둘러싸인 풋살 코트가 몇 개 있었다.

가장 앞쪽 코트에 야나기 선배와 타치바나가 있었다. 타치바나는 하얀 체육복을 입고서 머리를 하나로 묶었다. 운동을 자주 한다는 인상이 없어서 그런지 코트에 선 그 모습은 어딘가 장소를 잘못 찾아온 듯한 인상을 주었다.

그밖에는 야나기 선배의 축구 인맥이 다수 있었다. 대학생처럼 보이는 사람들도 있었고 여자도 적잖게 있었다. 그중에는 당연히 매주 참가하는 하야사카도 있었다.

그리고 또 한 사람――.

"대체 왜!"

하마나미가 절규했다.

"왜 내가 이런 곳에?!"

"사람이 부족할지도 모르니 아는 사람을 불러달라고 그랬거든."

결국 다들 아는 사람을 데려와 오히려 인원이 많아지고 말았다.

"다시는 얽히기 싫었는데……."

"내가 부른 건 요시미였어. 운동도 잘하니까."

"그래서 제가 대신 온 거라고요! 제 요시미를! 이런 폭심지가 될 만한 곳에! 당신들의 불건전한 파동 앞에 내세울 순 없다구요!"

"제 요시미라. 타치바나 같은 소릴 하네."

"또, 또, 또, 똑같이 취급하지 마~!!"

집합 시간이 되어 우리는 코트로 들어갔다.

야나기 선배 옆에 있던 타치바나는 어딘가 불편한 듯이 눈을 내리깔았고 하야사카는 날 발견하자 멀리서 작게 손을 흔들었다.

타치바나는 야나기 선배의 부모가 경영하는 회사 거래처의 딸로서 모두에게 소개되었다.

선배의 약혼자도, 내 여자친구도 아니었다.

이것은 암묵적 신사협정과도 같은 것이었다. 타치바나는 그 맥락을 이해하고 있겠지만, 표정은 전혀 변함이 없어 그것을 어떻게 느끼고 있는지 알 수 없었다.

야나기 선배의 주도로 우선 스트레칭을 했다. 선배는 리더의 위치를 살려 타치바나와 짝이 됐다. 선배답지 않은 그 필사적인 모습에 나는 선배의 진심을 느꼈다.

"타치바나 선배가 키리시마 선배 말고 다른 남자를 만지는 거 처음 봤어요."

나랑 짝이 된 하마나미가 말했다.

"지금까진 키리시마 선배랑 그밖에 다른 사람들이란 느낌이었는데, 진짜로 야나기 선배를 한 사람의 인간으로 인식하기 시작했군요."

타치바나는 어설프게 다리를 벌리며 열심히 앞으로 손을 뻗었고 그 등을 선배가 눌러주고 있었다.

"키리시마 선배, 괜찮아요?"

"어? 왜? 나 완전 괜찮은데?"

"이 세상이 끝나는 것 같은 얼굴로 말해봤자거든요."

남녀끼리 스트레칭 하는 정도는 별것 아니다. 평범한 일이다. 실제로 나도 하마나미와 함께하고 있다. 하지만 사람은 원래 가지지 못한 것보다 지금 갖고 있는 것을 잃는 쪽에 심리적 공포를 느끼는 생물이다. 이것을 보유 효과라고 한다. 연애 노트에 그렇게 적혀 있었다.

"그리고 저쪽은 저쪽대로 역시 인기가 많네요~."

하마나미가 하야사카 쪽으로 고개를 돌렸다.

하야사카는 대학생처럼 보이는 남자와 스트레칭을 하고 있었다. 등을 맞대고 팔짱을 끼고 가슴을 펼치는 스트레칭이다. 친밀함을 담아 "에헤헤." 하고 웃을 때의 표정을 짓고 있었다.

"아니, 하야사카는 계속 참가해왔으니까. 그래서 친해진 거겠지, 그냥."

"그래도 왠지 하야사카 선배, 남자한테 평소보다 마음을 연 것처럼 보이지 않아요? 전에는 겉치레에 어딘가 벽 같은 게 있었는데 묘하게 부드럽다 해야 하나, 친밀함의 질이 다르다고 해야 하나……."

"역시 그래 보이지?!"

"키리시마 선배, 정서가 엉망인데요."

나 원, 더 이상 내 혼란을 부추기지 말아줘.

"진짜로 어쩔 거예요? 야나기 선배가 참전해서 이젠 엉망진창이라구요."

"어떻게 해야 좋을지 나도 모르겠어."

하지만, 하고 나는 말을 계속했다.

"선(禪)의 사상에 힌트가 있을 거야."

"엉뚱하기 짝이 없네요."

"심두멸각하면 불마저 시원하다고 하잖아. 그건 다들 마음을 수행하면 더위를 느끼지 않는다는 의미로 받아들이지만, 사실은 다르거든."

"그래요?"

굳이 따지자면 더울 때 덥다는 상황을 있는 그대로 받아들이자는 해석이 올바르다. 덥다는 상황을 '불쾌한 것'으로 자신이 평가해서 불쾌해지는 것이다. 그렇기에 지금 상황의 선악을 따지지 않고 몸을 맡기면 좋고 불쾌할 것도 없다는 사고방식이다.

"이건 옳다, 저건 틀렸다, 그렇게 자기가 판단해서 마음이 괴로워지는 거야. 난 올바른 일을 하고 있는데 왜 인정받지 못하지? 저 사람은 틀렸는데 왜 벌을 안 받는 거야? 그만 그렇게 생각하게 되잖아? 그래서 눈앞에 있는 일을 있는 그대로, 원래 그런 것이라고 인정하면 마음이 흐트러지지 않지. 선에는 그런 사고방식이 있어."

정답과 오답, 선악에 사로잡혀 자신의 힘으론 어쩔 수 없는 것을 어떻게든 하려고 들어서 화가 나거나 불안해지는 것이다.

"그래서 난 지금 상황을 있는 그대로 받아들일 거야. 네 사람의 관계가 올바른지 틀렸는지, 그런 건 말하지 않겠어. 그건 눈앞에 확실히 존재하는 것이고 만약 내가 질투를 느끼고 만다면 그 자체도 선악이나 그런 얘기와는 다른 것이지. 그냥 난 그 감정에 몸을 맡길 거야."

"저기, 선배, 하나만 말해도 돼요?"

하마나미는 내 얼굴을 들여다보곤 눈을 동그랗게 뜨며 박력 넘치는 표정으로 말했다.

"지금 당장 전 세계 불교 신자들에게 사과해주실래요?"

공을 이용한 연습이 시작되었지만 상황은 변함없었다. 타치바나에겐 야나기 선배가 찰싹 달라붙어 공 차는 법을 가르쳐주고 있었다.

객관적으로 보면 좋은 수단이라고 생각했다. 야나기 선배는 리더였고 지금 상황이라면 믿음직스러운 면도 멋있는 면도 충분히 타치바나에게 보여줄 수 있다.

하야사카는 계속해서 팀의 마스코트 걸로서 인기가 많았다. 그리고 하야사카도 그것을 어쩐지 즐기고 있는 것처럼 보였다. 하야사카는 지금 반팔에 반바지라는 유니폼 차림으로 위팔, 허벅지를 크게 드러냈다. 명백하게 남자들은 그 육감적인 하얀 피부에 힐끔힐끔 시선을 보냈다. 하지만 하야사카가 싫어하는 것처럼 보이진 않았다. 그것은 지금까지와는 다른 변화였다.

최근에는 학교에서도 남자들에게 이전보다 더 다정하게 대하는 것처럼 보였다.

"키리시마 선배, 삐지지 말아요."

"누가 삐졌다 그래."

나는 하마나미의 발치를 노려 공을 찼다.

그리고 하야사카와 타치바나에게서 시선을 돌리듯이 그물 벽 쪽을 바라보자, 코트 구석에서 한 여자아이가 혼자 공을 차고 있는 모습이 보였다.

무뚝뚝한 느낌에 무표정한 여자아이. 앳된 얼굴은 하마나미보다 어려 보인다.

나는 여자아이에게 다가가 말했다.

"패스 연습, 같이 할래?"

여자아이가 이쪽을 바라보았다. 날씬한 체형에 긴 머리를 파란색 슈슈로 묶어 포니테일을 만들었다.

"고맙습니다. 참가하는 거, 오늘이 처음이라서요……."

"우리도야. 풋살 좋아해?"

"아뇨, 계속 육상부였는데, 여름에 은퇴해서 집에서 뒹굴거리고만 있었더니 오늘 풋살이라도 하라며 언니가 끌고 오는 바람에요."

중학교 3학년이라는 모양이다.

얘기를 들으며 하마나미가 "누구랑 닮은 것 같은데요." 하고 고개를 갸웃거렸다.

내가 내 이름을 말하자 그녀도 이름을 말했다.

"타치바나 미유키예요. 저쪽에 있는 타치바나 히카리 여동생이요."

◇

공을 쓰는 연습을 마친 뒤 미니 게임 전에 휴식 시간을 갖게 됐다.

나는 휴게실로 들어가 자판기에서 이온 음료를 사서 마셨다.

창문으로 코트를 보니 여전히 야나기 선배와 타치바나가 서서 얘기 중이었다.

한 여자에게 계속 말을 거는 건 속이 훤히 보이는 일이라 창피해서 보통은 하지 않는다. 야나기 선배는 알면서 저러고 있었다. 그리고 타치바나도 거절하지 않았다.

이런저런 생각이 들기는 했다.

하지만 나 자신도 야나기 선배에 대한 죄책감에 달리 아무 말도 하지 못했다.

항상 시원스럽게 정정당당하던 선배가 계속 지저분한 수에 나서고 있다.

선배를 긍정하고 싶은 마음과 이제 그만하라는 마음이 함께 있었다.

그런 갈등 속에 있을 때였다.

"타치바나 여동생, 귀엽더라."

하야사카가 휴게실로 들어와 방긋거리며 말했다.

타치바나의 여동생, 미유키는 지금도 코트 구석에서 러닝을 하고 있었다. 육상부였던 만큼 자세가 좋았고 공을 차고 있을 때 말고는 줄곧 태연한 얼굴로 달렸다. 살아있는 동안 계속 헤엄치는 물고기 같다.

"아, 키리시마가 보는 건 언니 쪽이었지."

하야사카는 내 옆에 서서 함께 창문으로 코트를 바라보았다.

"인기가 굉장하네."

타치바나 주위로는 야나기 선배뿐 아니라 3학년이나 대학생처럼 보이는 사람들도 모여 있었다.

"저런 어른스러운 여자애는 연상인 남자한테 인기가 많다는 이미지가 있지."

하야사카의 중학생 시절 동급생 중에도 있었다고 한다.

"어른스럽고 다가가기 힘들면서 별로 연애에 관심이 없어 보이는 여자애. 하지만 동년배를 상대하지 않았을 뿐이지 멋있는 교생 선생님이랑 차 안에서 키스하고 있었어."

물론 하야사카도 타치바나가 그런 여자아이라고 말하고 싶은 것은 아니다. 외견의 계통으로서 그런 타입이란 이야기이리라.

"키리시마, 어쩐지 평소처럼 질투하는 자길 즐기지 못하네."

"왜일까."

"멋대로 너무 참아서 그래. 더 감정에 몸을 맡기고 하고 싶은 대로 하면 돼. 나랑 타치바나도 그걸 원하니까."

힘들지, 타치바나가 선배를 제대로 상대하게 돼서. 이해해, 내가 위로해줄게. 그렇게 말하고 하야사카는 창문에서 사각지

대인 곳으로 이동해 양팔을 벌리고 이쪽을 향했다. 나는 하야사카에게 다가가 그 몸을 껴안았다. 하지만, 전혀 부족하다.

"키리시마, 아직도 괴로워 보여. 왜 그래?"

"그건 내가 하야사카에게도……."

납득이 안 갔다. 그 사실을 말하는 것을 주저하자 "응? 말해줘." 하고 하야사카가 달콤하게 속삭였다. 나는 하야사카의 체온에 이끌리듯이, 꼴사납다는 건 알지만 말해버렸다.

"하야사카, 어째, 남자랑 친하게 지내는 것 같던데? 전체적으로……."

그렇게 말하자 하야사카는 "에헤헤." 하고 요염하게 웃었다.

"나 있지, 남자가 불편한 거 극복하려는 중이야. 항상 그것 때문에 키리시마가 도와줘서 민폐 줬잖아? 그래서 괜찮아지려구. 그러려고 남자들이 잔뜩 오는 곳에서 알바도 시작했어."

몸을 만지거나 그 때문에 놀림을 받더라도 그걸 자신의 매력으로 생각해서 즐기려 하고 있다고 했다.

"그랬더니 있지, 조금씩 남자애가 단순하고 귀엽다고 느끼게 됐어. 내가 웃으면서 똑같이 어깨를 만져주면 엄청 흥분하거든."

"뭐라고 해야 할까, 그건……."

"응. 위험할지도 몰라. 나, 다른 사람한테 홀랑 넘어갈지도 모르겠다. 있지, 그렇게 됐을 때를 상상해볼래?"

나는 연상인 남자가 하야사카에게 술이라도 먹인 뒤 안고 있는 장면을 상상했다.

"어때? 싫어? 내가 다른 남자한테 무슨 짓을 당하면 싫어?"

싫다고 말할 자격이 두 번째인 내게 있는지 생각할 뻔했지만, 아마도, 그런 옳고 그름을 따지는 미숙한 시절은 진작에 지나갔다.

"솔직히 말해줘."

"……진짜 싫어."

"그럼 더 좋아하게 만들면 되잖아. 내가 망가질 정도로, 키리시마를 좋아하게 만들면 돼. 그 방법, 알지?"

알고 있다. 하야사카는 나와의 육체적 접촉이 깊으면 깊을수록 폭주하듯이 좋아해 줬다.

"사양 말고 해버리면 되잖아. 마음대로 하면 돼."

까치발로 딛고 서서 내 귓가에 "이 방, 우리 말고 아무도 없잖아?" 하고 속삭인다.

나는 등 뒤로 안고 있던 오른손을 뒤에서 하야사카의 반바지 속으로 집어넣고 속옷 위로 쓰다듬었다.

"그러면 돼. 난 바보라서, 처음 키스하기만 했는데도, 손을 잡기만 했는데도 키리시마가 엄청 좋아졌거든. 이런 짓을 당하면 미쳐버릴 만큼 좋아질 거야."

그곳은 이미 속옷 너머로도 알 수 있을 만큼 젖기 시작했다.

땀에 젖은 하야사카의 몸이 더욱 뜨거워지고 촉촉함을 더한다.

다른 남자들이 그러하듯이 나 또한 하야사카를 야한 눈으로 보고 있었다. 운동하며 달아오른 몸, 드러난 허벅지, 유니폼 차림이 눈에 독이었다.

"키리시마는 할 수 있어. 생각한 걸, 나한테 전부 할 수 있어."

나는 하야사카가 몸을 떠는 곳을 줄곧 만졌다. 하야사카는 내 가슴에 얼굴을 묻고 헐떡이는 소리를 죽이며 까치발로 딛고 섰다.

"키리시마, 이거 좋아하지? 왜?"

"하야사카가 날 좋아한다는 증명 같거든."

어리석게도. 하지만 신체적 접촉을 허락한다는 것은 그러한 뉘앙스가 있다고 생각한다.

"그럼 이거, 똑똑히 타치바나에게도 보여줘야겠다. 제대로 질투하게 만들어줘야지. 우린, 그런 관계니까."

하야사카는 황홀한 표정 그대로 내 손에서 벗어나 다시 창문 앞에 섰다.

뭘 하려는 것인지 나도 알 수 있었다.

나는 하야사카 옆에 서서 다시 뒤에서 반바지 안으로 손을 집어넣었다.

밖에선 나와 하야사카가 나란히 서서 코트를 바라보고 있는 것처럼 보일 것이다. 하지만 하야사카의 황홀한 표정으로 타치바나는 무슨 일이 일어나고 있는지 알 수 있을 터이다.

아니나 다를까 이쪽을 힐끔 보더니 곧 험악한 표정을 짓는 것을 멀리서도 알 수 있었다.

그리고 야나기 선배와 대화를 나누면서도 몇 번이고 이쪽을 돌아보았다.

"키리시마, 싫어, 소리 내는 거…… 창피해……."

나는 타치바나를 바라보며 하야사카를 계속 만졌다. 물소리가 나고 점점 하야사카의 몸이 굽는다. 속옷 틈새로 손가락을 넣었다.

하야사카가 숨결을 흘렸다. 타치바나는 이젠 그냥 이쪽에 시선을 못 박았다.

그런 짓을 계속한 뒤——.

"키리시마! 싫어, 이제, 안 돼! 안돼, 싫어, 싫어!"

하야사카는 드디어 온몸을 떨며 창문을 두드리듯이 양손을 짚었다.

순간, 코트에 있던 타치바나는 굴러온 공을 난폭하게 걷어차고 화난 듯이 고개를 돌렸다. 주변에 있던 사람들은 놀란 모양이다.

"……그러면 돼."

하야사카는 그 자리에 주저앉아 머리카락을 한 다발, 땀에 젖은 볼에 붙인 채 상냥한 표정으로 말했다.

"있지, 키리시마. 공유하니까 즐겁지?"

"응."

나는 말했다.

그리고, 나도 거의 망가졌을지도 모르겠다, 그렇게 생각했다.

타치바나와 둘이서 역을 향해 돌아가고 있었다.

휴식 시간을 끼고 미니 게임을 한 시합 치른 뒤 타치바나가 말을 꺼낸 것이다.

"저녁부터 피아노 레슨이 있어서…… 갈래……."

나도 밤에는 아르바이트가 있어서 타이밍을 맞춰 돌아가기로 했다.

하야사카는 해맑게 "수고했어!" 하고 웃었다.

탈의실에서 옷을 갈아입고 엘리베이터 앞으로 가자 타치바나와 딱 마주쳤다. 미리 짠 것은 아니었다. 나와 타치바나는 묘하게 싱크로 하는 구석이 있었고 이번에도 그랬다.

미니 게임을 할 때는 주먹과 보자기로 팀을 나눴는데, 당연하게도 같은 팀이 되었다.

피는 속이지 못하는지 여동생인 미유키도 같은 팀이었다.

"미유키, 발 빠르더라."

"만날 달리니까."

"미니 게임, 지고서 분해 보였지."

"어릴 적부터 계속 지는 걸 싫어했어. 고집도 세서 귀찮아."

"성실해 보이긴 했지."

"――동생 얘기 그만해!"

그때 갑자기 타치바나가 큰 소리를 질렀다.

"둘이 있을 때 다른 여자 얘기하지 마!!"

그렇게 말하고 타치바나는 퍼뜩 놀란 표정이 되어 곧 "미안, 나, 조금 이상해." 하고 이마에 손을 짚으며 말했다. 한숨을 쉬고 고개를 저었다.

그리고 한동안 말없이 걸었다.

타치바나, 꽤 정서가 불안정하다.

하지만 나는 타치바나가 소리를 질러준 게 조금 기뻤다. 나와 하야사카가 그런 짓을 한 걸 질투해줘서, 아직 제대로 날 좋아한다고, 평소 같지 않은 태도로 그것을 보여주었다는 것이 기뻤다. 화내줘서 기뻤다.

그리고 한 사람 더, 혼나고 싶어 하는 사람이 이곳에 있었다.

"시로, 나한테 하고 싶은 말 있는 거 아냐?"

인적 드문 길로 접어들자 타치바나가 입을 열었다.

"……솔직히 말해줘. 멋 부리지 말고."

그럼에도 내가 조용히 있자, 타치바나는 "왜?" 하고 아까만큼은 아니지만 강한 어조로 불쾌함을 드러내며 말했다. 원망스럽다는 표정을 짓는 타치바나가 무척 아름다웠다.

"나, 슌 오빠랑 친하게 지내는데? 왠진 몰라도 거절 못 하겠어서……. 전에 나, 시로랑 하야사카한테 좋아하는 것에 두 가지 종류가 있단 걸 잘 모르겠다고 그랬지? 그래도 그거, 조금 알게 됐단 말야!!"

타치바나는 연애에 있어서 백지 상태인 어린아이였다. 그 뒤로 많은 일을 거쳐 드디어 나 말고 다른 남자에게도 좋은 점이 있다는 사실을 발견했다.

그리고 아마도 야나기 선배에게 품고 있는 감정은 '두 번째로 좋아한다'는 감정일 것이다.

그런 자신의 변화가 곤혹스러워 타치바나는 혼란에 빠졌다.

“선배랑 손도 잡게 됐지.”

“……알고 있었구나.”

그러면서 아무 말도 안 했구나, 하고 타치바나는 눈동자에 창백한 불꽃을 지피며 말했다.

“그래도 돼? 난 시로 여친인데, 다른 남자한테 흔들리는 나쁜 여자가 될 것 같단 말야. 왜 화 안 내주는데? 하야사카가 있으면 그래도 된단 거야?!”

타치바나가 듣고 싶은 말은 어렴풋이 알았다. 하지만――.

“야나기 선배한테 들었거든.”

풋살 코트를 떠날 때 선배는 주저하면서도 괴로운 듯이 말했다.

‘키리시마, 네가 히카리를 일그러뜨렸어.’

타치바나는 풋살에서 야나기 선배와의 인맥이 있었기에 다른 남자들과도 대화를 나누었다.

‘사실은 사교적인 여자애야.’

확실히 그럴지도 모른다.

어릴 적에 나와 약속을 나눈 탓에 타치바나는 다른 남자를 만질 수 없게 됐다. 만지면 기분이 안 좋아져 토하게 됐다. 그건 평범하지 않다. 야나기 선배가 하고 있는 행동은 어떤 의미로 타치바나를 올바른 방향으로 이끌어주는 것이라 할 수 있다. 그러나――.

“일그러졌다든지, 아무래도 상관없어.”

타치바나는 날 노려보며 말했다.

“보란 듯이 말야. 하야사카랑 그런 짓하고. 그러지 말고 직접 말해. 화났지? 그거, 보여줘. 나 시로한테라면 맞아도 괜찮아. 열받았으면 속이 풀릴 때까지 때려줘. 머리를 붙잡고 잡아당겨도, 나, 아무 말 안 할게."

엉망진창으로 말하는구나 싶었다.

하지만 내 마음에 대해선 타치바나의 말이 맞았다. 확실히 나는 열받았다. 그저, 그것을 인정하고 싶지 않았을 뿐이다. 자신이 화났다는 사실을, 남자답지 못하게 질투하고 있다는 사실을.

하지만 타치바나의 귀기 서린 표정에 기세가 죽어 자백하듯이 숨겨뒀던 마음을 입에 담았다.

"왜 다른 남자를 만질 수 있게 된 거야."

"……미안해."

"왜 선배랑 손잡았던 걸 말 안 했어."

"………시로가 미워하는 게 무서웠어. 그래서, 말 못 했어."

타치바나가 내 코트의 소매를 붙잡았다.

"있지, 내가 다른 남자를 만지게 되면 싫어?"

"싫어."

"슌 오빠랑 친하게 지내면, 싫어?"

"싫어."

"하야사카가 있으면서, 제멋대로야."

하지만 그거, 너무 좋아 하고 타치바나는 표정을 무너뜨리며 웃었다.

방금까지의 분위기가 일변하며 무척 표정이 밝아졌다.

"날 독점하고 싶어? 시로만의 여자로 삼고 싶어?"

나는 고개를 끄덕였다. 풋살 때부터 마음이 계속 흔들리는 바람에 아무 생각도 할 수 없게 된 나는 과거에 했던 말을 다시 입에 담고 말았다.

"다른 남자한테 손끝 하나 대지 마."

그 말을 듣고 타치바나는 희색의 미소를 띠었다. 날 껴안고는 그 기쁨을 온몸으로 표현했다.

"여유 없는 시로 너무 좋아, 주변이 안 보이게 된 시로, 최고로 좋아해."

그렇게 말하며 타치바나는 자기 손을 들어 보였다. 따뜻해 보이는 장갑을 꼈다.

"있잖아, 시로, 지금 겨울이야. 진짜, 하나도 안 보였구나."

"설마……."

"응, 손을 잡을 때 나도 슌 오빠도 장갑 꼈어."

"그 슌이라고 부르는 거."

"그러게. 좋아, 앞으로는 야나기 오빠라고 할게. 이름으로 부르는 건 시로뿐이야. 나, 점점 시로 취향인 여자가 되겠다. 시로 때문에."

타치바나는 기쁜 듯이 웃으며 말했다. 여담으로 손을 잡은 것은 야나기 선배에게서 키리시마 말고 다른 남자를 만질 수 없으면 불편하지 않냐는 말에 시험 삼아 해봤다고 한다.

"아니, 그래도 풋살 때는……."

스트레칭을 하며 피부와 피부가 맞닿은 것은 확실했다. 내가 그런 세세한 것까지 신경 쓰며 질투하는 걸 알고 타치바나의 기분이 점점 좋아졌다.

"그러게, 날 잔뜩 만졌지."

타치바나는 신이 나선 내 정면으로 돌아와 내 코트 앞을 열고 셔츠 단추까지 풀었다. 그리고 셔츠 안을 들여다보더니 성대하게——.

토했다.

구역질하며 눈꼬리에 눈물까지 맺힌 채, 하지만 기쁜 듯이, 위가 텅 빌 때까지 몇 번이고 몇 번이고 토했다.

내 가슴부터 배까지 따뜻한 것이 퍼져나간다.

"잘됐네."

타치바나는 입을 닦으며 말했다.

"내 첫 번째랑 두 번째 사이에는 엄청난 차이가 있거든."

결국 타치바나는 아직 나 말고 다른 남자를 만질 수 없었고 혹여 누가 만지더라도 멀쩡해 보였던 건 억지로 버티던 것이었으며 결국에는 토하고 마는 여자아이였다.

나는 한숨을 쉬고 셔츠 속을 바라보며 말했다.

"애정 표현이 참신하단 말이지."

제23화 그 시절로 백 투 더 퓨처

피어오르는 수증기 속, 따뜻한 목욕물에 잠겨 있었다.

운동한 뒤라 무척 기분이 좋다.

타치바나가 사는 고층 아파트의 욕실이었다. 욕조는 발을 뻗을 만큼 넓고 벽과 타일 모두 반짝이는 데다 제트 스파까지 달렸다.

타치바나가 토한 뒤 옷 안에 구토물이 묻은 채로 택시에 실려 이곳까지 끌려 왔다. 타치바나네 어머니는 항상 심야까지는 돌아오지 않는 모양이었고 여동생인 미유키도 아직 풋살 중이었다. 우리 집과는 전혀 다르다고 생각했다.

아파트의 고층, 현관부터 이미 넓었고 세면실에 놓여 있는 가전 기기도 최신식 기기들뿐이었다.

"시로."

세면실 쪽에서 날 부르는 소리가 들렸다.

"갈아입을 옷, 여기 둘게."

내가 몸을 닦는 사이 사 왔을 것이다.

"고마워."

"아냐, 나 때문이잖아. 그럼 천천히 씻어."

입욕제의 라벤더 향기를 맡으며 나는 기지개를 켜고 축 늘어졌다.

어쩐지 피곤해서 목욕물에 푹 잠겼다. 나는 기본적으로 목욕 시간이 길었다.

목욕을 마치고 나와선 수건으로 몸을 닦고 타치바나가 사 온 옷을 입었다. 시크한 느낌의, 그녀가 내게 입히고 싶어 하던 스타일의 옷이었다.

머리를 말리고 복도를 걸어 타치바나의 방으로 들어갔다.

타치바나는 커다란 쿠션에 몸을 묻고 머리카락을 빙글빙글 만지작거리고 있었다.

"만화 읽으며 기다릴까 했는데 시로가 집에 있다고 생각하니까 두근거려서……."

타치바나는 후드 티에 반바지라는 편한 차림이었다. 하얀 허벅지, 다리가 늘씬하게 뻗어 나왔다. 온돌 난방이라 맨발이라도 춥지 않았다.

여담으로 현관에는 손님용 슬리퍼와 괴수 발 모양의 인형 슬리퍼가 놓여 있었다. 현관에서 신발을 벗고 타치바나는 몹시 자연스럽게 인형 슬리퍼를 신은 뒤, 어린아이 같은 취향이 부끄러웠는지 곧 벗었다. 얼굴을 붉히며 "어, 엄마 거야." 하고 말했지만, 어머니도 참, 심한 누명을 뒤집어쓰셨다. 적어도 여동생 것이라 변명했으면 좋았을 텐데.

타치바나의 방도 얼핏 보기엔 어른스러워 보였지만 어린아이 같은 취향이 공존했다.

커튼과 침대 커버의 색조는 통일시켰고 가구도 훌륭한 디자인이었지만, 책상 위에 놓아둔 머리핀은 귀여운 꽃으로 장식되어 있기도 했다.

"시로, 서 있지 말고 앉아."

타치바나가 손가락으로 가리킨 곳은 침대였다.

"아니, 거긴……."

"달리 앉을 곳 없단 말야."

"책상 쪽에 의자가 보이는데."

"달리, 없는걸."

타치바나는 자기도 침대에 앉아 옆에 오도록 재촉했다. 부끄러워하는 모습에 뭐, 연애 초보니 그리 이상한 일이 벌어지진 않겠거니 하고 생각해 나도 침대에 앉았다.

"역시 단둘이 좋아."

타치바나가 몸을 기댄다. 듣고 보니 단둘이 조용히 있는 것은 무척 오랜만 같았다.

"아까는 미안해. 이것저것 말해버려서."

"나야말로, 말이 거칠었다고 반성 중이야."

"그럼 화해하자."

옷 어울린다, 멋있어, 그렇게 말하며 타치바나가 껴안았다. 그리고 허그 이상 가는 일은 하지 않으려는 모양이었다.

그렇다. 타치바나는 본래 이런 사소한 것을 행복하다고 느끼는 타입이었다.

집 데이트 같은 그런 귀여운 느낌을 좋아했다. 아까처럼 서로 말을 쏘아붙이고 싶은 것이 아니었다. 그러니, 이러면 된다. 이

시간이 줄곧 이어지면 된다.

"나, 뭐든지 숨김없이 말하고 싶어. 근데 좀처럼 솔직해지지 못하겠어."

"알아. 나도 그러니까."

"어릴 적엔 솔직했는데."

"다들 대체로 그렇지."

"그러니까 초등학생으로 돌아가 보려고."

"응?"

"초등학생으로 돌아가면 마음을 있는 그대로 시로한테 전할 수 있으니까."

"얘기가 너무 엉뚱해서 따라가질 못하겠는데."

"시로도 초등학생인 나랑 얘기하고 싶지?"

"가정이야? 아니면 은유?"

"아니, 현실이야."

타치바나는 자리에서 일어서더니 서랍 안에서 그것을 꺼내 볼을 살짝 붉히며 부끄러운 듯이 내밀었다.

"엄청난 타이밍에 엄청난 걸 들고 왔네!"

나는 무심코 말하고 말았다. 타치바나가 내민 것은——.

생각도 못 했던 연애 노트였다.

미스연 OB가 연애에 대한 심리학과 상대를 반하게 만드는 방법을 적어 둔 사랑의 비법서다. 작성한 인물은 당초 연애 미스터리를 쓰려 했지만 사랑에 사랑한 나머지 사랑에 관해 연구하기만 한 이 노트를 완성시켰다. 여담으로 작성자의 IQ는 180이었다고 전해진다.

"일부러 부실에서 들고 왔구나……."

"응."

제법 마음에 들었나 본데. 게다가 저 노트는 남녀가 친해지기 위한 얼토당토않은 게임이 수록된 금서에 해당하는 노트였다. 여태껏 우리는 이 노트로 여러 가지 파괴를 행했다. 나는 눅눅해진 포키가 아니면 맛을 느낄 수 없는 몸이 되어버렸고 타치바나는 여전히 강아지 시절의 기분이 남아있기도 했다.

그리고 이번에 타치바나가 하자고 제안한 게임은――.

'그 시절로 백 투 더 퓨처'.

게임의 설명문은 이렇게 시작된다.

'당신은 이런 생각 해본 적 없나요? 무척 좋아하는 그 아이와 내가 먼저 만났다면, 혹은 소꿉친구였다면――.'

즉 과거의 그 아이를 만나러 가서 그 아이의 과거에 영향을 끼치기 위한 게임.

물론 방법은 타임머신이 아니었다. 나는 게임의 설명문을 읽고 이 노트가 금서가 된 까닭에 더욱 납득이 갔다.

"이거, 그냥 유아 퇴행 최면이잖아!"

최면에 빠트려 어릴 적으로 의식을 되돌리자는 수법이다.

"나, 지금부터 초등학생인 히카리로 돌아갈 테니까 거기에 각인시켜줘."

"불온한 소리만 한단 말이지……."

"절대로 시로 말고 다른 남자를 만질 수 없게 하는 거야. 만지지 마, 만지지 마, 그렇게 각인시키면 돼. 시로 말고 다른 남자가 보이지 않게 되는 것도 좋겠다."

"아니, 아무리 그래도 그런 짓을 하는 건……."

"그래. 어차피 시로는 그렇게 말할 줄 알았어."

그래도 있잖아, 하고 타치바나가 말을 이었다.

"초등학생인 히카리랑 만나고 싶지 않아?"

"만나고 싶긴 한데………."

우리가 이런 게임을 하면 항상 변변찮은 일이 벌어졌다. 그래서 어떻게 할지 나는 고민했다. 가벼운 마음으로 할만한 것이 아니다. 그런 생각을 하고 있자——.

"됐어, 그럼."

타치바나가 일어섰다.

"그렇게 싫으면 지금부터 이 노트 학교에 두고 올 거야. 시로가 안 해줄 거면 가지고 있어 봤자 의미도 없고 시로 말고 다른 사람이랑 할 일도 없으니까, 하고 싶지도 않고."

옆에서 본 얼굴이 무척 서글퍼 보였다.

아마도 타치바나는 이 게임을 통해 나와 함께 천진난만하게 놀고 싶은 것이리라. 요즘은 줄곧 팽팽하게 긴장했던 적이 많았으니까.

그런데도 내가 거절해 타치바나는 울음을 터트릴 것 같은 분위기였다. 이렇게 되면 내 몸은 반사적으로 움직이고 만다.

"야, 거기 안 서!"

타치바나 앞으로 돌아들어 가 5엔 동전에 끈을 걸어 흔들었다.

"아핫!"
타치바나는 기쁜 듯이 얼굴에 웃음을 지었다.
"시로의 이런 점이 좋아."
"각인은 안 할 거야."
"알았어."
잠깐 노는 게 다다. 나도 초등학생인 히카리와 만나고 싶다. 왜냐하면 내가 타치바나를 좋아하게 된 건 그야말로 초등학생 시절이니까.
"할 거지?"
"그래, 해보자."
그 시절로 백 투 더 퓨처.
결국 해보기로 했다.

◇

우선 나로 정말 최면이 성공하는지 시도해보기로 했다. 솔직히 말해서 난 최면 같은 것엔 무척 회의적이다. 결국 아무 일도 일어나지 않으리라 본다.
하지만 뭐든 해보지 않으면 모른다고 하지 않던가. 우선 타치바나의 방 침대 위에 마주 보고 앉았다. 다리를 W자로 털썩 주저앉는 타치바나의 몸짓이 귀여웠다.
최면에 걸리기 쉽도록 이런저런 연상 게임을 한 뒤——.
"시로는 지금부터 아기가 된다, 아기가 된다, 시로는 아기가 된다, 아기가 된다."

타치바나가 5엔 동전을 내 눈앞에 들고 흔들기 시작했다.

나 원 어처구니가 없네, 그런 느낌이다. 아기라 하니 선택이 또 극단적이었고 퇴행한다 쳐도 너무나도 멀어서 전혀 가능할 것 같지 않았다.

"아기가 된 시로는 내게 무릎베개를 하고 드러눕는다, 드러눕는다~."

응애, 그건 타치바나가 자기 방에서 하는 무릎베개 시추에이션을 동경했을 뿐이겠거니 싶었다. 하지만 그것을 이루어주는 것이 싫지만은 않았고 나도 반바지에서 뻗어 나온 하얀 허벅지를 베고 눕고 싶은 마음은 확실히 응애.

"옳지~ 우리 시로 착하네~."

이봐, 날 너무 응애응애아부부.

"시로가 평소에도 이만큼 솔직하면 좋을 텐데."

"웅앙?"

"시로, 좋아해, 착하지. 앗, 손가락 빨면 안 돼! 떽!"

"꺄륵꺄륵."

응애응애꺄르륵~.

"시로는 어리광쟁이구나?"

"아웅~?"

"우유 먹고 싶어?"

"응애응애."

"젖병 사둘 걸 그랬다. 아기 패턴도 준비해둘 걸 그랬어."

응애아부부부.

"그래도 역시 내가 어려져서 어리광부리는 게 좋은데."

"꺄륵~."

"초등학생인 나한테 시로가 잔뜩 장난치는 느낌이 좋거든. 손뼉 치면 원래대로 돌아오니까, 잔뜩 장난쳐줘. 억지로 해도 돼. 꼭이야, 시로."

"응애응애꺅꺅꺄륵꺄륵."

아브아아부부응애~!

"하지만 그전에 모처럼이니까 조금만 각인해놓을까."

"아붓?!"

"시로는 트윈테일을 보면 몹쓸 생각이 든다, 몹쓸 생각이 든다."

"으, 으앙~~! 아우뿌앵~!"

"시로는 학교 수영복을 보면 무척 몹쓸 생각이 든다, 무척 몹쓸 생각이 든다, 장난치고 싶어진다, 장난치고 싶어진다."

"으앙~! 응애~!"

"자, 시로는 원래대로 돌아온다!"

으앙아부~!

"헉."

의식이 급속히 부상한다. 지금 내가 뭘 하고 있었지? 왜 나는 무릎베개를 하고 있는 걸까? 무엇보다, 무척 창피한 상황이었던 것 같은데…….

"혹시 최면, 성공했어?"

"시계 봐봐."

"……시간이 날아갔어."

"그럼 다음은 나야. 난 초등학생이면 돼."

잠깐 준비할게, 그렇게 말하고 타치바나는 방을 나갔다. 그리고 손가락에 머리끈을 두 개 걸고서 돌아왔다.

"이쪽이 분위기가 살지?"

무슨 분위기인가 싶었지만, 타치바나가 머리끈으로 트윈테일을 한 순간, 머릿속이 갑자기 뜨거워졌다. 그리고 왠지, 무척 몹쓸 기분이 들었다.

"왜 그래?"

"아, 아니, 아무것도 아냐."

왜일까. 눈앞에 있는 타치바나에게 마구 장난치고 싶다.

나는 그런 괘씸한 충동을 억누르며 5엔 동전을 흔들기 시작했다.

"타치바나는 초등학생으로 돌아간다, 돌아간다, 돌아간다, 초등학생으로 돌아간다."

곧 타치바나의 눈에 졸음이 쏟아졌다. 점점 잠이 드는 것처럼 눈꺼풀이 닫혔고 눈이 닫힌 순간, 그녀는 무척 앳된 표정을 짓고 있었다.

그리고 히카리(초등학생)가 응석을 부리듯이 말했다.

"……시로 오빠."

이렇게 그 시절로 백 투 더 퓨처의 본 게임이 시작됐다.

◇

"배고파!"

그렇게 말한 히카리(초등학생)는 옷소매를 붙잡고 날 부엌으로 데려갔다.

배가 고픈 것도 당연하겠지. 아무렴, 내 옷에 전부 토했으니까.

"뭐 만들어줘~."

"히카리는 뭐든지 엄마한테 만들어달라고 하는 애였구나."

"히카리 비밀 재료도 있어! 엄마한텐 비밀인 거!"

그렇게 말하고 식기 찬장 구석 쪽 문을 열었다. 안에는 컵라면이 뒤죽박죽으로 잔뜩 쌓여있었다. 히카리(고등학생)의 칠칠찮은 성격이 잘 드러난다. 그리고 히카리(초등학생)에게는 인스턴트 식품보다 영양가 있는 걸 먹여주자는 생각에 나는 냉장고 안에서 재료 몇 개를 꺼내 와 간단한 샐러드와 스크램블드에그를 만들었다.

"소스랑 마요네즈도~."

히카리는 스크램블드에그에 소스와 마요네즈를 뿌려 먹는 스타일이었다. 그것들을 거실로 들고 가 우물우물 먹는 히카리. 나는 옆에 앉아 바라보며 입가에 묻은 소스와 마요네즈를 물티슈로 닦아줬다.

"누울래~."

자유분방한 히카리는 식사를 마치자 자기 방으로 돌아가 누웠다. 같이 눕자는 말에 나는 곁 잠을 자듯이 히카리 옆에 누웠다.

신기했다. 몸과 손발은 완전히 다 큰 고등학생인데 행동과 말투, 표정은 진짜 초등학생처럼 보였다.

"히카리는 있지."

히카리가 내게 달라붙으며 말했다.

"시로 오빠 말고 야나기 오빠도 좋아졌어."

"진짜 솔직하게 말하네."

"그치만 시로 오빠가 더, 훨씬 훨씬 좋아. 훨씬 훨씬이야."

"고마워."

"그래도 있지, 야나기 오빠도 생각해야 해서 머리가 이상해질 것 같아. 시로 오빠만 생각하고 싶은데."

히카리는 초등학생인 만큼 뭐든지 무척 솔직하게 얘기했다.

"시로 오빠는 히카리가 이러면 안 싫어해? 이제, 안 좋아해?"

"안 그래."

확실히 줄곧 한결같이 좋아해 주는 게 좋지만, 그것은 아마도 그다지 현실적이지 않다. 여러 사람의 매력을 깨닫고 여러 사람에게 호의를 품는다. 그것이 무척 자연스러운 것처럼 느껴진다.

"그치만 그러면 시로 오빠는 하야사카 언니가 좋아지는 거 아냐? 히카리 말구 하야사카 언니를 고르는 거 아냐?"

"아니, 그렇진……."

내가 어떻게 말할지 고민하고 있자 히카리는 자기 손을 보더니 "아." 하고 목소리를 높였다.

"손톱 깎아야 하는데."

히카리는 그렇게 말하고 쫑쫑쫑 방을 나가 손톱깎이를 들고 돌아왔다. 이 맥락 없는 행동과 정서, 그야말로 초등학생이다.

"잘라줘~."

나는 침대에 앉은 상태로 히카리를 무릎에 앉혔다. 그리고 손톱을 깎기 시작했다.

히카리는 손가락을 쭉 뻗은 채 얌전히 있었다. 제법 착한걸?

손톱을 깎는 소리가 일정 리듬으로 방에 울린다. 히카리의 얼굴은 졸려 보였다.

혼자서는 식사 준비도 못 하고 잠도 못 자고 손톱도 못 깎는 히카리. 내가 돌봐주어야만 한다. 내가 보호해주어야만 한다. 그렇게 생각하자, 무척 귀엽고 무척 사랑스러웠다.

어쩐지 *히카루 겐지가 어린 무라사키에게 품었던 마음을 이해할 것만 같았다.

나는 세심한 주의를 기울여 손톱을 깎았다. 이 아이에겐 내가 붙어있어야 한다. 내가 지켜주어야만 한다.

왼손 새끼손가락의 손톱, 타원을 그리듯이 각도를 주어 깎는다.

무척 아름다운 손가락이었다. 새하얗고 가늘고 길며 도자기 같다. 피아노를 치는 만큼 군살 없이 날씬했다. 이 손끝의 손톱 모양을 정리한다는 것은 예술품을 완성시키는 마지막 작업과도 같은 정취가 있었다.

손가락을 의식하자 더는 히카리가 아니었다.

타치바나였다. 그녀의 표정도 조금 어른스러워 보인다.

---

*무라사키는 일본 고전문학 '겐지모노가타리'의 주인공 히카루 겐지가 사랑한 여인이다.

넷째, 가운데, 집게손가락. 깎고 난 뒤 나는 그 손가락을 손등부터 손톱 끝까지 쓰다듬어봤다.

"그렇게 만지는 거, 너무 기분 좋아."

타치바나는 내게 기대어 눈을 감았다.

왼손을 마치고 오른손으로 옮겨갔다.

"이거, 좋아. 왠지, 무척 사랑받는 느낌이 들어."

타치바나는 황홀하게 말했다. 나는 생각했다.

대체 얼마나 많은 사람이 사랑하는 사람의 손톱을 깎아본 적이 있을까. 이것은 모양을 정리하는 것이자 윤곽을 훑는 것이며 무척 숭고한 행위이기도 하다.

열 손가락 손톱을 다 깎을 무렵, 나는 타치바나의 아름다운 손가락에 매료되어 있었다.

하지만 깎기만 해선 끝나지 않는다.

나는 줄 부분을 써서 손톱을 다듬어 모양을 정리해나갔다. 그렇게 사랑의 윤곽을 부드럽게 만들어갔다.

"너무 편안해……."

타치바나는 내게 몸을 완전히 맡겼다. 타치바나, 넌 굉장한 여자애야. 항상 내가 모르는 세계를 깨닫게 해주지. 이 게임은 이걸 위해 존재했던 거야.

오른손의 집게손가락, 피부가 다치지 않도록 손톱을 다듬으며 생각했다.

여자의 얼굴과 가슴에 주목하는 것은 삼류다. 가장 아름다운 파츠는 손가락이다. 이 아름다운 첨단을 다듬는다. 나는 세계를 느낀다. 손톱을 다듬는다는 것, 그것은 천국의 문, 그것은 르네상스, 그것은 복음, 천지창조, 삶과, 만남——.

홀린 듯이 손톱을 정리했다. 열 손가락의 손톱 정리를 마친 뒤, 나는 타치바나를 침대에 앉히고 그 앞에 무릎을 꿇어 발톱 정리에 들어갔다. 다시 사랑의 윤곽을 훑는다.

타치바나는 다리를 내밀었다. 나는 그 발등을 왼손으로 살포시 받치고 오른손으로 발톱을 깎았다.

나는 타치바나에게 무릎을 꿇으며 사랑에 무릎을 꿇었다.

사랑하는 이의 몸의 윤곽을 다듬는다. 이 이상 가는 행위가 있을까.

엄지, 검지, 중지. 나는 이 세계에 타치바나가 태어나준 것에 감사하며 깎아나갔다. 저속한 욕망과 육욕이 사라져갔다.

이것이, 진짜 사랑이다——.

너무 바짝 깎지 않도록, 그러면서 깨지지 않도록 긴 곳도 남기지 않는다. 상대를 배려하는 마음이 시험받고 있다.

필요한 것은 집중력과, 아낌없는 사랑.

발가락까지 전부 다듬자 나는 어쩐지 성취감이 들었다. 무척 고상한 무언가다. 그리고 나는 감사의 마음과 함께 발등에 볼을 비볐다.

이제 이 게임은 여기서 마침표를 찍어도 좋으리라.

손끝, 발끝의 아름다움이라는 신세계의 매력과 함께 고상한 사랑의 잔상을 새긴 채——.

그렇게 생각한 순간이었다.

"맞다!"
히카리가 내 얼굴을 차버리고 일어섰다.
"목욕해야 하는데!"
"목욕?!"
"그치만 히카리 운동했는데 안 씻었단 말야."
듣고 보니 풋살을 뛰고 난 뒤 나는 목욕을 했지만 타치바나는 하지 않았다. 다소 위화감이 있었는데 설마 처음부터 이걸 계산했다는 것인가.
"저기, 혹시, 히카리……."
응, 하고 히카리는 천진난만한 얼굴로 말했다.

"히카리, 눈 못 떠서 혼자 머리 못 감아. 그러니까 시로 오빠가 감겨줘!"

◇

하여간, 타치바나는 책사다.
연애에 있어선 어린아이에 부끄럼쟁이라 스스로 발을 들이밀 수 없다. 하지만 곰곰이 생각해봤을 때 수치심은 어른이 되면 될수록 커지는 것. 진짜 어린아이가 된다면 아무것도 부끄러워할 필요가 없다.
즉 이 게임은 타치바나가 유혹하는 것이나 마찬가지다.
평소 스스로 나서선 할 수 없는 것을 억지로 해달라는 메시지.

"만세~."

세면실에서 히카리가 양손을 들어 올렸다. 나는 후드 티를 벗겨주었다.

"전부 벗겨줘! 전부!"

떼를 쓰길래 어쩔 수 없이 캐미솔과 반바지도 벗겼다. 드러난 속옷은 딸기 무늬의 애들 같은 속옷이었다. 여전히 이상한 곳에서 퀄리티를 추구한다.

그리고 쭉 뻗은 하얀 팔다리는 완전히 다 큰 고등학생이었다.

"나머진 알아서 벗을 수 있지? 그리고 머리 감아줄 테니 수건으로 몸 꼭 가리고."

"응, 시로 오빠는 히카리 알몸을 보는 게 부끄럽지!"

"바로 그 말씀."

준비 다 하면 부를게, 그렇게 말하곤 하얀 수건 같은 것을 집어 들고 욕실로 들어갔다.

나도 그사이 옷을 벗고 허리에 수건을 감았다.

그나저나 타치바나는 계산을 틀렸다. 그녀는 내가 괘씸한 짓을 하길 바라고서 이 상황을 계획했겠지만, 내가 히카리(초등학생)에게 품고 있는 감정은 어디까지나 고상한 사랑이다.

히카리(초등학생)를 상대로 그런 짓을 할 리가 없잖아. 그렇게 생각하며 히카리에게 불려 욕실로 들어간 순간――.

정신이 날아갔다.

그것은 하얀 학교 수영복이었다.

"대체 왜?!"

"그치만 시로 오빠가 몸을 가리랬잖아."

이름표에는 '타치바나' 라고 적혀 있었다. 그보다 이거, 분명 준비한 거지? 연애 노트를 들고 돌아왔을 때부터 완전히 준비한 거 맞잖아.

그리고 왜일까, 내게 그런 취향은 없을 텐데 트윈테일에 학교 수영복을 입은 히카리(초등학생)를 보자 무척 몹쓸 기분이 들었다. 몸을 만지고 수영복 안으로 손을 집어넣고 싶은 괘씸한 충동이 솟아오른다.

"시로 오빠, 준비 다 됐어……."

히카리가 샤워기로 따뜻한 물을 틀어 그 몸을 적시기 시작했다. 학교 수영복 표면이 광택을 띠었다.

"히카리, 시로 오빠라면 장난쳐도 엄마한테도, 선생님한테도 말 안 할게."

엄청난 소릴 했다. 역시 히카리의 내면은 타치바나였고, 정신 연령은 낮지만 기억 영역은 완전히 그대로 남아있어서 확신범처럼 날 도발했다.

"히카리한테 어른의 놀이를 알려줘. 아무것도 모르는 히카리한테 잔뜩 장난쳐줘. 못된 짓을 해서 시로 오빠의 여자아이로 만들어버리는 거야."

그것은 금지된 놀이. 초등학생이지만 몸은 완전히 다 컸기 때문에 장난쳐달라고 조르면 아웃인 듯하면서도 세이프이기도 하며 정신이 나가버릴 것 같지만 아마도 그것은 무척 기분이 좋으리라.

그래서 나는 그 젖은 피부와 수영복을 만지려 했다. 하지만 그때였다.

"아!"

히카리가 무언가 생각났다는 듯이 젖은 몸 그대로 욕실을 나갔다. 그리고 곧 돌아왔다. 손에 들린 것은 칫솔과 치약.

"양치질해야 해!"

아무래도 타치바나는 목욕할 때 양치질을 하는 초등학생이었던 모양이다.

"닦아줘~."

"그럼, 이쪽으로 올까?"

나는 의자에 앉아 히카리를 무릎에 앉혔다. 히카리는 내 목뒤로 손을 둘러 공주님처럼 안기는 자세가 되었다. 나는 히카리의 머리를 왼손으로 받치고 오른손에 든 칫솔로 이를 닦아주기 시작했다.

계산이 어긋났구나, 타치바나. 수치심을 버리려고 어린아이가 된 것은 좋지만, 어린아이이기에 순수하고 그 행동은 조절이 불가능하다. 그녀 스스로 계획에서 일탈하고 만다.

"어금니도 닦아야 하니까 입 더 크게 벌려. 자, 아~앙."

"아~앙."

손톱을 깎을 때처럼 나는 다시 하나하나 정성껏 닦아나갔다. 이 또한 사랑의 윤곽을 훑는 행위다. 나는 세상 사람들에게 묻고 싶다. 좋아한다는 말을 연발하지만 그 사랑은 진실인가? 만약 정말로 좋아한다면 그 여자아이의 무엇을 알고 있는가? 나는 이빨의 모양도, 손톱, 발톱의 길이도 알고 있다. 윤곽을 훑는다. 제군, 이것이 바로 사랑이다.

나는 고상한 사랑을 되찾았고 정성껏 히카리의 이를 닦았다.

그러나——.

"시로 오빠, 혀도 닦아줘~."

"히카리는 초등학생인데 혀도 닦아?"

"타치바나 언니가 요즘 푹 빠졌어. 건강에 좋다고 동영상으로 봤거든~."

잠깐, 멋대로 인격을 분리시켜서 얘기하지 마.

"근데 난 혀는 닦아본 적 없어서 잘 못 할걸?"

그래도 히카리가 "괜찮아."라고 말하길래 혀에 칫솔을 대고 문질러봤다. 초보라서 방법을 몰라 안쪽으로 칫솔을 깊숙이 넣는 바람에 히카리가 구역질을 했다.

"히카리, 미안."

"아니야, 원래 이래. 그리고 있지, 히카리는 시로 오빠가 괴롭히면 왠지 엄청 기분 좋아."

황홀한 표정으로 그런 소릴 했다.

나는 작은 분홍색 혀를 다시 닦았다. 역시 안쪽에 닿을 때마다 히카리가 구역질을 했다. 그때마다 배를 오그라뜨렸고 눈가에 눈물이 맺혔다. 하지만, 어쩐지 기뻐 보였다.

"배 아래쪽이 있지, 꽈아악 조여. 그때, 시로 오빠 너무 좋아, 그런 기분이 돼."

이, 이, 발칙한 초등학생(16세)이!

정신이 날아갔다. 완전히. 타치바나가 꾸민 대로, 그 계획대로.

몇 번이고 칫솔을 목구멍 안쪽에 들이댔다. 그때마다 타치바나의 몸이 반응했다. 샤워를 세게 틀어 난폭하게 입을 헹궜다. 타치바나는 물에 빠진 것처럼 소리를 내며 기침을 했지만, 그 표정은 황홀하기 그지없었다.

나는 타치바나의 허벅지에 흐르는 물방울을 손가락으로 닦았다.

"히카리, 이게 뭐야? 물이 아니잖아."

"잘못했어요. 천박한 여자아이라 죄송해요. 나쁜 여자아이라 죄송해요. 그러니까 벌해줘. 시로 오빠가, 벌해줘."

벌이 끝이 아니다. 우리는 이곳에서 서로의 몸을 씻겨주고 머리도 감겨줘야 한다. 타치바나이니, 그 모든 공정에 기분 좋은 것을 준비해놓았을 것이다.

"전부 해도 돼. 시로 오빠가 생각하는 못된 짓, 전부 해도 돼."

"괜찮겠어?"

이다음 어떻게 될지 상상했으리라.

타치바나는 볼을 붉히며 부끄러운 듯이 고개를 끄덕였다.

"아주 말괄량이 초등학생이로군."

이후 내가 히카리(초등학생)에게 한 사랑 넘치는 신사적 행위는, 여기서 길게 말할 수 없다.

어찌 됐든, 최고였다.

◇

타치바나의 방에서 머리를 말리고 있었다.

욕실에서 그녀는 현기증을 일으켰고, 더더욱 이런저런 일이 있고 나서 힘이 빠져 일어설 수 없게 됐다. 간신히 다시 편한 옷으로 갈아입히고 쿠션에 앉히고서 내가 뒤에서 드라이어로 머리를 말려주고 있었다.

당연히 우리는 대 반성회를 열었다. 이제 연애 노트의 게임은 금지하자는 얘기가 되었고 설령 또 한다 해도 사전에 준비하는 건 금지하기로 했다.

"그래도 굉장했지."

타치바나는 따뜻한 바람을 쐬어 편안하다는 듯이 눈을 가늘게 뜨고 말했다.

"시로의 인형이 돼서 희롱당했어."

"그거, 전부 사랑이거든."

"무지하고 어린 날 마음대로 다루니까 어땠어?"

"그냥 돌봐줬을 뿐이야."

"겨드랑이 닦을 때 그건…… 아무리 나라도……."

"아무 말도 하지마……."

"히카리(초등학생)는 앞으로도 등장시켜볼까."

"아니, 안 되지, 그건."

"데이트할 때 히카리(초등학생)랑 히카리견, 둘 중 누굴 데려가고 싶어?"

"선택지가 굉장하단 말이지…."

하지만 타치바나가 즐거워 보여 다행이다. 최근 그녀는 무척 정서가 불안정했으니까.

"그보다 시로, 나한테 뭐 각인시켰어?"

"왜?"

"저기…… 아까부터 시로 손이 닿을 때마다……."

"아아, 이거 말이지."

몸을 닦을 때 히카리가 "왜 시로 오빠가 닦아주면 기분이 좋을까?" 하고 물었다. 남이 머리를 감아주거나 어깨를 주물러주면 기분이 좋다. 하지만 나는 "시로 오빠가 만져줘서 기분이 좋은 거야."라고 터무니없는 각인을 남겼다.

"나, 시로가 만지기만 해도 기분이 좋아진다고?! 그, 그러면 어떡해."

타치바나가 웬일로 당황하며 말했다.

"그치만, 안 그래도……."

그렇다, 그녀는 피부와 여러 가지 감각이 날카롭고 무척 민감했다.

"그래도 타치바나도 나한테 뭔가 이상한 걸 각인시켰잖아."

"……아무것도 안 했어."

타치바나는 시치미를 뚝 떼며 시선을 피했다. 이거 한 거 맞지?

"말 안 하면, 이런다?"

"잠깐만, 시로!"

나는 타치바나를 뒤에서 꼼짝 못 하게 껴안았다. 타치바나는 몸을 비틀며 저항하려 했지만 곧 얌전해져 허벅지를 비비며 꼼지락거렸다.

"시로, 안 돼…… 속옷, 막 갈아입었단 말야……."

"나한테 뭐 했어?"

"그건──."

타치바나가 내게 각인한 내용을 말했다. 트윈테일과 학교 수영복.

"내가 범죄자가 되잖아! 어서 각인 풀어!"

"……알았어."

타치바나는 내 팔에 안겨 달콤하고 촉촉한 숨을 뱉으며 테이블에 손을 뻗었다. 하지만 손에 든 것은 5엔 동전이 아니라 머리끈이었다. 또 트윈테일을 했다.

"어허."

"꼭 풀게."

근데 하고 타치바나는 턱을 들어 올려 조르는 듯한 얼굴로 말했다.

"나, 레슨까지 아직 조금 더 시간 있어……."

지금 내 팔 안에는 목욕을 마쳐 촉촉한 피부의, 따뜻함이 느껴지는 타치바나가 있었다.

그리고 그 타치바나는 내가 안고 있기만 해도 속옷을 갈아입어야 하는 여자아이가 됐다.

"……나도, 알바까지 조금 더 시간 있어."

"그럼 있잖아, 역시 부끄러워서 마지막까진 못 해도, 그래도 각인을 풀기 전에 조금만 더…….”

“그래…….”

우리는 서로를 보며 끄덕였다.

“히카리…….”

“시로 오빠…….”

평범하게는 도달하지 못할 쾌락의 예감과 함께 우리의 입술이 서로 가까워졌다.

그러나, 키스하기 직전이었다.

“다녀왔습니다~.”

그런 소리가 들렸다.

“어? 언니 자기가 요리했어? 웬일이야?”

발소리가 부엌에서 이쪽으로 다가왔다. 빠르다. 곧 문이 벌컥 열렸다.

나타난 것은 타치바나의 여동생, 미유키였다.

“배고파서 칭얼대고 있을 것 같아서 편의점 도시락 사 왔——.”

미유키는 포개어진 우리를 보곤 도시락을 바닥에 떨어뜨렸다.

그리고 한동안 우두커니 서 있더니, 몹시 차가운 표정으로 말했다.

“언니. 그 머리끈, 내 거잖아.”

이번에야말로 우리는 제정신으로 돌아왔다.

각인도 다시 한번 아기와 초등학생으로 돌아가 지웠다.

그리고 둘이 함께 지하철 승강장에서 전철을 기다리고 있었다.

나는 아르바이트를, 타치바나는 피아노 레슨을 가기 위해서다.

"여동생한테 미움 샀네."

미유키는 당연히 언니가 야나기 선배와 약혼했다는 사실을 알고 있다. 그러니 난 중간에 끼어든 남자처럼 보였을 것이다. "나, 이 사람 싫어." 하고 적의를 숨김없이 드러냈다.

"딱히 상관없어."

타치바나는 특별히 신경 쓰지 않는다는 얼굴로 말했다.

"여동생이 어떻게 생각하든, 내 마음과는 상관없으니까."

"사이가 틀어지진 않아?"

"미유키가 시로를 마음에 들어 해서 끈적하게 달라붙는 게 더 싸움이 날걸."

그런 것보다 하고 타치바나가 말했다.

"시로, 결국 각인 안 했네. 날 다른 남자가, 야나기 오빠가 절대 만지지 않게 할 수 있었는데."

상관이야 없지만 하고 타치바나가 담담히 말했다. 아까처럼 감정을 드러내는 것이 아닌, 무척 조용한 어조였다.

"시로는 남한테 영향을 주는 걸 무서워하지."

"그건……."

"책임을 질 수 없다든가, 그런 생각 하지?"

그렇다. 집안 사정, 장래에 대한 영향, 아무리 애를 써도 그런 걸 생각하고 만다.

"그러면 시로, 결국엔 역시 하야사카겠네."

타치바나는 날 보려고도 하지 않았다.

"하야사카를 고르면 야나기 오빠와도 매듭이 지어질 거고 내 장래에도 영향을 안 주니까."

공유를 계속하면 이윽고 고등학교를 졸업할 때가 찾아온다. 그 타이밍에 타치바나가 약혼을 이루고자 공유 관계에서 이탈한다. 그것은 현상 유지 끝에 다다른 결과 중 하나로, 나도 생각하지 않았던 것은 아니다.

"크리스마스도 어차피 하야사카랑 보낼 거지?"

"그거 말인데."

요즘 우리는 크리스마스를 위해 이런저런 일들을 벌였다. 공유라는 들뜬 분위기 속에서, 많은 것들을 임시방편으로 은폐하며. 하지만 슬슬 진실을 직시해야 할 때다.

"타치바나, 크리스마스는 원래부터 안 됐잖아."

내가 말하자 옆에서 바라본 타치바나의 얼굴이 차가워졌다.

침묵은 긍정의 증거.

그렇다. 그것은 처음부터 알고 있었다. 줄곧 정해져 있던 일이다. 나와 타치바나가 함께 지낼 일은 없다.

왜냐하면 타치바나는——.

"크리스마스, 야나기 선배랑 지낼 거잖아."

제24화 아름다운 아수라

어느 주말 오후, 나는 쿠니미 씨에게 불려 가 우에노역 근처 술집에 있었다.

대충 휘갈긴 글씨로 벽에 붙여 놓은 메뉴판. 쌓아놓은 맥주 박스 위에 널빤지를 올려놓은 게 전부인 테이블. 경마 중계방송과 소음이 BGM 대신이다.

"낮부터 맥주라니, 방탕 대학생의 극을 달리네요."

"키리시마도 한잔하지?"

"안 돼요. 고등학생이라고요."

"애구나, 애야~."

술집은 굳이 따지자면 아저씨들의 공간이라 생각했으나 쿠니미 씨처럼 화려하게 꾸민 누님이 한 손에 맥주잔을 들고 꼬치구이를 먹고 있는 모습도 제법 그럴싸했다.

"내장 게임 하자."

"뭔데요, 그게."

"키리시마, 입 벌리고 눈 감아."

그 말대로 눈을 감자 꼬치에서 뺀 고기를 입에 던져넣었다. 아하. 이런 거였구나 하고 나는 혀로 그 고기를 느끼고 씹어 삼킨 뒤 대답했다.

"양."

"땡~ 염통이었습니다~."

연이어 입에 고기가 들어온다. 대창, 곱창, 뽈살, 벌집양, 적당히 대답해봤지만 전부 틀렸다.

"아니, 어렵다고요. 소스 맛도 강하고 애당초 전 내장도 잘 몰라서."

"그럼 이게 마지막. 씹지 말고 핥아서 맞춰봐."

다시 눈을 감았다. 입에 들어온 것은――.

"아니, 이거 쿠니미 씨 손가락이잖아요."

"정답."

쿠니미 씨는 깔깔거리며 웃더니 내 옷자락에 손가락을 닦았다.

"난 게임 만드는 걸 좋아하거든."

대학의 보드게임 동아리 사람과 자작 게임을 만들곤 한다는 모양이다.

바텐더 견습생 아르바이트로 부지런히 일하며 바 카운터 안에서 벌컥벌컥 술을 마시기만 하는 사람인 줄 알았기에 대학 생활 얘기가 나오니 어쩐지 신선했다.

"그보다 언제까지 먹고만 있게요? 고양이가 도망쳤다길래 온 건데."

"우리 집 고양이는 기운이 넘치거든. 든든히 안 먹으면 못 잡아."

"그보다 용케 제 번호를 알았네요."

"알바 긴급 연락망."

"안 돼요, 그러면."

"키리시마는 고지식하네~."

쿠니미 씨는 이 근처 원룸에서 혼자 살고 있다고 한다. 그 방에서 기르던 고양이가 도망쳤는데 함께 붙잡아달라며 연락한 것이다.

"뭐 어때서 그래. 딱 기분전환도 될 거 아냐."

"마치 제가 궁지에 몰린 것처럼 말하시네요."

"맞잖아? 일부러 바빠지려고 알바 시간 잔뜩 넣었더만."

쿠니미 씨는 텅 빈 맥주잔을 들어 올리고 맥주를 한 잔 더 주문하며 말했다.

"고민 중이지? 가슴 큰 쪽? 다리 예쁜 쪽?"

쿠니미 씨는 우리 사정을 알고 있었다.

아르바이트를 하며 그런 대화를 나눈 것이다. 쿠니미 씨와는 대화가 편했다. 그녀는 우리의 인간관계 밖에 있는 사람이니까.

"키리시마, 요즘 거울로 자기 얼굴 본 적 있어?"

쿠니미 씨는 테이블에 놓인 새 맥주잔을 손에 들고 한 모금 마시며 말했다.

"얼굴 엉망이야. 야위어서, 더는 못 버티겠단 느낌."

◇

최근 자신이 야위었다는 자각은 있었다. 식욕이 없어 제대로 챙겨 먹지 않았다.

사람은 어떻게 해야 좋을지 알 수 없을 때 심한 혼란을 겪는다.

나와 타치바나는 함께 크리스마스를 지낼 수 없다. 그 사실을 내가 입 밖에 꺼낸 이래로 타치바나는 눈에 띄게 풀이 죽었다.

우리 반 교실로 오지도 않게 됐고 쉬는 시간에 살피러 가보면 자기 자리에서 울적한 모습으로 고개를 숙이고 있었다.

같은 반의 누군가가 크리스마스 얘기를 할 때마다 고개를 들고 원망스럽다는 듯이 바라보았다. 그리고 나는 그런 타치바나의 지친 표정마저 아름답다고 느끼고 말았다.

하지만 타치바나는 이제 한계였고 그것을 증명하는 사건이 일어났다.

점심시간, 구 음악실에서 있었던 일이다.

타치바나가 피아노를 쳤고 나는 같은 의자에 나란히 앉아 그것을 보고 있었다. 타치바나는 물 흐르듯 피아노를 치다가 이윽고 손을 멈추고 고개를 숙였다.

"크리스마스, 시로랑 같이 있을 수 없는 건 야나기 오빠랑 지내야 해서 그런 거 아니야."

"알아. 피아노 콩쿠르잖아."

타치바나가 참가하는 피아노 콩쿠르는 24일과 25일, 이틀에 걸쳐 열린다. 하루하루 각각 과제 곡과 자유곡을 친다고 한다.

그리고 25일 밤에는 피아노 관계자 지인과 가족끼리 그대로 크리스마스 파티를 연다. 야나기 선배는 타치바나의 약혼자로서 그 파티에 참석한다.

"시로, 콩쿠르 보러 올래?"

스스로 그렇게 물은 뒤, 타치바나는 "안 되겠지." 하고 힘없이 말했다.

타치바나의 피아노와 관련된 인간관계는 완전히 내가 모르는 영역이다. 그리고 그곳에는 엄연히 타치바나의 지인이 있으며 야나기 선배는 약혼자로 소개된 상태다. 그렇다고, 선배가 알려주었다.

"…………그냥 피아노 그만둘까."

"뭐?"

"피아노 그만두면 콩쿠르도 없어지고 평범한 대학에도 갈 수 있잖아, 그러면 시로랑 같이 다닐 수 있고."

"그건……."

"맞아! 그렇게 하자!"

타치바나는 갑자기 표정을 밝히며 말했다.

"나, 공부도 하나도 못 하잖아! 그러니까 시로가 알려줄 거지? 매일 도서관에서 공부하자! 분명 즐거울 거야!"

"아니, 타치바나……."

난 전문적인 건 몰라도 타치바나의 피아노 실력은 콘서트 피아니스트도 현실적 목표로 삼아도 될 정도이며 그건 아마도 굉장한 수준이라 여태껏 투자한 시간을 생각했을 때, 그만두지 그래? 하는 소리는 쉽게 할 수 없었다.

그래서 나는 "피아노는 계속하는 게……."라고 말해버렸다.

그 순간이었다.

타치바나가 왼손을 건반에 올려둔 채 오른손으로 피아노 건반 뚜껑을 잡더니 내려치듯이 닫았다.

아무런 주저 없이 힘조차 조절하지 않았다.

하지만 그녀의 왼손이 뭉개질 일은 없었다.

내가 오른손을 끼워 넣었기 때문이다. 손등이 끼어 둔탁한 소리가 났다.

타치바나는 놀란 얼굴로 날 바라본 뒤 곧 내 오른손을 양손으로 붙잡았다. 내 붉어진 오른손은 이미 부어오르기 시작했다.

"미안해…… 시로…… 미안……."

타치바나는 고개를 숙이며 말했다. 긴 머리카락이 늘어져 표정을 알 수 없었다.

손의 통증은 그리 느껴지지 않았다. 그보다도 항상 "무슨 상관이람." 그렇게 말하며 자신을 컨트롤하던 타치바나가 이렇게까지 된 것이 가슴 아팠다.

"약한 건 나구나."

타치바나가 얼굴을 감춘 채 말했다.

"야나기 오빠를 조금 좋아하게 됐고, 집안일을 무시할 수도 없고."

"난 그게 잘못된 일이라곤 한 번도 생각한 적 없어."

타치바나는 자신의 생활이나 예대를 다니는 데 돈이 든다든가 하는 그런 것을 걱정하진 않았다. 그녀가 진짜로 걱정하는 것은 어머니의 사업이었으며, 그 사업과 관련된 사람들이었다. 사업을 축소하면 고용된 사람들에게도 영향이 미칠 수밖에 없다.

"야나기 오빠도 괜찮다고 생각했을 때, 그대로 야나기 오빠와 함께하는 것도 나쁘지 않겠다고 생각했어. 편하겠다고. 그러면 전부 무난히 정리되겠구나 하고."

너무했지, 하고 타치바나는 내 손에 매달렸다. 그리고 말했다.

더는 망설이지 않도록, 진짜 좋아하는 사람을 줄곧 좋아할 수 있도록――.

"있지 시로, 부숴줘. 날 부숴줘. 더 완벽하게."

그 며칠 뒤에 있었던 일이다.

밤, 야나기 선배가 우리 집으로 찾아왔다. 또 학원에서 돌아오는 길이었다.

엄마는 야나기 선배가 오랜만에 찾아와 무척 반겼다. 그리고 사정을 아는 여동생은 "무슨 상황이야?" 하고 경악의 시선을 내게 보냈다.

"히카리를 울리고 말았어."

내 방에 들어와 좌식 의자에 앉고 나서 야나기 선배가 말했다. 약혼자로서 정기 식사 모임을 가지던 중 타치바나가 소리 없이 울기 시작했다고 한다. 그날은 바로 돌려보냈다는 모양이다.

"하지만 난 그만둘 수 없어. 그 눈물은, 날 싫어해서 흘리던 게 아니야."

그 말대로다. 타치바나는 자신이 선배에게 호의를 품기 시작한 것을 알고서, 그 때문에 한결같을 수 없는 자신에게 당혹스러워하고 있었다.

"비겁해지는 건 힘들구나. 정정당당하게 있는 게 훨씬 편해."

야나기 선배는 그렇게 말하며 테이블 위에 엽서 한 장을 올려놓았다.

"이건……."

"25일 크리스마스 파티 초대장이야."

엽서 뒷면을 보았다. 회장은 시내 호텔의 홀이었다.

"히카리는 네게 보여주지 않은 모습이 있어."

"알아요."

그것은 나와 타치바나 사이에 존재하는 격차다. 얼마 전 얼핏 보인 생활 수준이나 피아노의 재능으로 인한 장래성과 같은 것. 타치바나는 그것을 숨기고 평범한 여자아이인 척 항상 내 옆에 있었다.

"히카리는 내게 호의를 가지기 시작했어. 그 애가 그 마음을 직시한다면 이 약혼은 더 이상 불행한 게 아니게 돼."

선배는 이렇게 말하고 있는 것이다. 타치바나 히카리의 장래를 생각한다면 행복하게 해줄 수 있는 것은 자신이라고. 그러니 자신과 함께 있어야 한다고. 그것을 알기 위해, 납득하기 위해 크리스마스 파티에 오라고 말하고 있었다. 그리고――.

"타치바나 히카리를 내게 줘."

그렇게 말하고 내게 머리를 숙였다.

◇

"남자 사람 친구가 갖고 싶었거든~."
쿠니미 씨가 말했다.
둘이서 도망친 고양이를 우에노 공원에서 찾고 있었다. 겨울이지만 햇살 덕에 따뜻했다. 가족끼리 나왔거나 그림을 그리는 사람, 공연을 벌이는 사람이 있어 공원 안은 북적거렸다.
"그보다 어떻게 생긴 고양이예요?"
"살찐 삼색 고양이."
주머니에 손을 찔러넣고 걸어 다니는 쿠니미 씨는 즐거워 보였다.
"남사친은 잘 안 생긴단 말이지. 다들 하나같이 흑심이 있어서."
그 점에서 나는 안심이라고 한다.
"놀랍게도 여친과도 못 하는 겁쟁이니까."
"거참 죄송하게 됐네요."
"그리고 키리시마는 고등학생 때 좋아했던 남자애랑 조금 닮았어. 잠깐 7대3 가르마 해볼래?"
"싫어요."
우리는 고양이를 찾아 공원을 천천히 걸었다. 그사이 나는 하야사카와 타치바나, 야나기 선배에 대해 쿠니미 씨에게 주절주

절 얘기했다.

조언을 기대한 것도 아니었고 실제로 무언가 설교 같은 말을 듣지도 않았다. 쿠니미 씨는 "미쳤다." 그렇게 말하고 재미있어하며 들어주고 있었다.

말하는 사이 어쩐지 내 기분도 점점 가벼워졌다. 따사로운 햇살과 공원을 오가는 사람들의 웃음소리가 편안했다. 이렇게 넓은 곳에서 수많은 사람과 있으니 내 고민거리 따윈 보잘것없는 것일지도 모르겠다는 생각이 들었다.

그 뒤로 쿠니미 씨가 보자고 해서 우리는 미술관과 박물관을 돌았다.

"어쩐지 지적이네요."

"대학에서 수준 높은 교육을 받고 있거든? 더 존경하도록 해."

그저 전시물로 장난을 치며 돌아다녔을 뿐이다. 원시인 인형 앞에서 똑같이 서보라길래 같은 포즈를 취하자 스마트폰으로 사진을 찍혔다. 쿠니미 씨가 깔깔거리며 웃었다.

한 차례 놀고 난 뒤 다시 고양이를 찾기 시작했다.

우리는 커피 컵을 한 손에 들고 벤치에 앉아 고양이가 지나가길 기다렸다.

"키리시마, 행복 게임 하자."

"뭔데요? 그게."

"행복한 기분이 드는 단어를 말하는 거야. 말 못 하면 이마에 딱밤."

"그거, 방금 떠올린 게임이죠?"

뭐 그렇지 하고 말하며 쿠니미 씨는 멋대로 게임을 시작했다.

"겨울 아침 이불 속."

"주름 하나 없는 하얀 셔츠."

"술을 잔뜩 마시고 탄 전철 첫차."

"뾰족하게 깎은 연필."

"새우와 가리비 감바스."

"아무도 없는 조용한 도서관."

줄곧 쓸데없이 시간을 보냈다. 하지만 고양이는 지나가지 않았고 우리 눈앞을 지나가는 것은 가족, 커플, 예대생, 그리고 비둘기 정도였다.

그리고 해가 저물 무렵이 됐을 때.

스마트폰으로 만화를 읽던 쿠니미 씨에게 내가 물었다.

"우리가 찾던 고양이가 어떤 거였죠?"

"늘씬한 검은 고양이야. 꽤 기품 있어 보이는 애."

쿠니미 씨의 스마트폰 화면에는 마침 러시안 블루가 그려진 컷이 표시되어 있었다. 나 원 참. 내가 날카롭게 째려보자 쿠니미 씨는 "크하하." 하고 웃었다.

"처음부터 고양이 같은 건 없었군요."

"이제야 눈치챘냐."

"그러면 오늘 진짜 그냥 놀기만 한 거잖아요."

"뭐 어때. 키리시마, 얼굴이 좀 폈어."

"제가 힘이 없어서 이러려고 부른 거예요?"

"야위어 있었거든. 고기도 든든히 먹고 햇빛도 쐬고 벤치에서 쉬니까 조금은 기운이 솟았지?"

쿠니미 씨는 아무래도 처음부터 이럴 생각이었던 모양이다. 내가 고민에 힘들어하는 모습을 보다 못해 기분전환을 시켜주려고 부른 것이다.

하지만 왜? 그렇게 생각했다. 아르바이트 후배를 돌봐주는 건 지나친 참견이었고 그렇게 남을 걱정하는 사람처럼 보이지도 않았다. 그런 소릴 하니 쿠니미 씨가 껄끄러운 듯이 머리를 긁적였다.

"살짝 책임을 느껴서. 너희 사랑에."

"왜 쿠니미 씨가 책임을 느껴요?"

"나, 실은 키리시마랑 연이 없는 게 아니거든."

그 말에 한동안 생각에 잠겼다. 난 생이별한 누나도 없었고 머리카락 안쪽을 분홍색으로 물들이고 피어스를 잔뜩 하는 스타일의 사람과는 연이 없는 인생을 보냈다.

"힌트 좀 줘요."

"어디 보자~. 난 키리시마랑 하야사카의 관계를 단순 접촉 효과가 아니라 자기 개시의 심도 루프라고 생각해, 이렇게 말하면 알겠어?"

자신의 사적인 정보를 상대에게 알려주는 것은 알기 쉽게 호의를 전달하는 방법이다. 그리고 그렇게 보통은 알려주지 않는 것을 서로에게 알려줌으로써 상대를 향한 호의가 루프 하듯이 상승한다. 확실히 나와 하야사카는 두 번째끼리라는 비밀을 공유하며 육체적, 정신적으로도 심도 있는 자기 개시를 계속했다.

그리고 쿠니미 씨가 심리학적 용어를 입에 담음으로써 점과 점이 이어졌다. 뭐든지 노트에 메모하는 성격, 게임을 만드는 것을 좋아한다──.

"설마……."

"정답."

쿠니미 씨가 브이 사인을 그리며 말했다.

"연애 노트의 저자는 나야, 후배."

쿠니미 씨가 다니는 대학을 물어보니 모르는 이가 없는 최고 학부의 이름을 입에 담았다.

IQ 180은 아무래도 진짜였나 보다.

어쩐지 갑자기 쿠니미 씨가 굉장한 사람처럼 보이기 시작해 존경심이 솟아올랐지만, 그녀가 사는 원룸 부엌에 씻지 않은 식기가 쌓여있는 것을 보고 그런 기분은 금세 사라졌다.

"요리하는 건 좋아하는데 정리하는 게 좀."

쿠니미 씨가 채소를 자르며 말했다. 재료를 써는 소리가 듣기 좋다. 나는 그 옆에서 설거지를 하고 있었다. 그릇에 달라붙은 더러운 것을 씻어 하나하나 깨끗하게 만들면 기분이 좋다.

"그렇게 현관에 있는 신발도 치우고 밀린 다림질도 해줘."

"싫어요."

그렇게 말했지만 아마도 하게 되리라. 나는 무언가 정리되는 과정이 편안했다. 반대로 어질러져 있으면 불안해진다. 그래서 하야사카와 타치바나에게 휘둘리는 지금 이 상황이 불편했다.

방이 더러워도 아무렇지도 않게 지낼 수 있는 쿠니미 씨라면 나 같은 상황에서도 여유로울지 모른다. 그리고 그런 사람이 터프해서 더 좋다고 생각한다. 나도 그렇게 되고 싶다.

"친가가 가깝긴 해."

그럼에도 쿠니미 씨는 소박한 원룸에서 혼자 살고 있었다. 장학금과 아르바이트 비로 학비도 스스로 내고 있다고 한다.

"자유롭게 사는 걸 좋아하거든."

테이블을 깨끗하게 치우란 말에 나는 요리를 올릴 수 있도록 테이블 위를 정리하려 했다. 하지만 빈 곳이 없어 테이블 위의 것들을 바닥에 내려놓는 것으로 그쳤다. 화장품 병, 전기세 영수증, 대학 강의에서 쓸법한 어려운 책, 생활감이란 이런 것을 말하는 것이리라.

"자, 볶음밥."

쿠니미 씨는 냉장고에서 낯선 맥주병을 들고 왔다.

"뭐예요? 그거."

"몰라? 크~ 애네, 애야. 칭타오야, 칭타오. 중국 요리를 먹을 땐 이거지."

쿠니미 씨는 맥주를 마시며 볶음밥을 먹은 뒤 들뜬 모습으로 노트 한 권을 꺼냈다. 그리고 천천히 '내장 게임'과 '행복 게임'이란 단어를 적었다. 우에노에서 놀고 있을 때 쿠니미 씨가 떠올린 게임 두 개다. 하지만 곧 "이건 못 쓰겠네." 하고 말하곤

'행복 게임' 이라 적은 글자를 지우개로 지웠다.
"쿠니미 씨, 그거, 설마……."
"맞아."
쿠니미 씨는 노트 표지를 보여주었다.
'진(真) 연애 노트'.
전 12권 및 13권째 금서로 구성된 연애 노트 시리즈, 그 속편에 해당하는 환상의 14권째, 완성했었구나…….
"내장 게임은 가능성이 보이지."
그 뒤로는 마법과도 같았다. 쿠니미 씨는 마치 무언가에 홀린 듯이 적고는 지우고 적고는 지워 내장 게임의 내용과 규칙, 이름마저 바꿔나갔다. 그녀의 머릿속에서 몇 번이고 시행착오가 반복되고 있었다. 트라이 앤드 에러.
그리고 완성한 것은――.
'눈 가리고 입으로 맞추기 대회'.
입에 넣은 것을 맛과 감촉만으로 무엇인지 맞히는 심플한 게임.
하지만 절대 반칙을 할 수 없도록 설정이 추가되어 있었다.
눈을 가리고 등 뒤로 손을 묶을 것.
나는 상상하고 말았다. 눈을 가린 채 손이 등 뒤로 묶인 타치바나. 그녀는 방 소파에 앉아 볼을 붉히며 입을 벌리고 있다.
그 분홍색 혀가 얼핏 거리는 작은 입에 나는 뭐든지 넣을 수 있다. 핥아서 먹으라고 재촉할 수도 있고 목 깊숙이 찔러넣을 수도 있다. 타치바나는 말하리라.
'나, 아무것도 안 보여. 그러니까 뭘 넣어도 모를 거야. 뭐든지

넣어도 돼.'

입에서 흐르는 침이 하얀 허벅지로 떨어진다. 그런 광경이 눈앞에 떠올랐다.

"사람은 시각을 빼기면 다른 감각이 예민해져서 굉장한 일이 벌어질지도 모르지."

쿠니미 씨가 내 상상을 부채질했다.

"키리시마가 눈을 가리게 될 수도 있겠다. 처음엔 과자 같은 게 입에 들어오겠지만 점점 과격해지지 않을까? 여자애도 상대가 아무것도 안 보이니 몹시 대담해질 수 있을 테고. 이런저런 곳을 핥게 할지도 모르지."

눈을 가리고 있으면 자신이 어딜 핥는지 알 수 없다.

답을 맞히지 못하는 것을 변명 삼아 이런저런 곳을 계속 핥게 한다.

하지만 쿠니미 씨는 한동안 그 항목을 바라본 뒤, 모처럼 쓴 '눈 가리고 입으로 맞추기 대회' 페이지를 찢어 버려버렸다.

"안 되겠다, 역시 탈락."

"왜요? 게임이 꽤 퀄리티 높아 보였는데……."

"그냥 연애 노트면 몰라도 14권째에 들어가기엔 부족한 게 있어."

저러고서 부족한 게 있다는 것인가.

진 연애 노트. 대체 얼마나 대단한 게임이 수록되어 있을까. 노트에서 무언가 분홍색 독기가 피어오르는 것처럼 느껴졌다. 쿠니미 씨가 "옛다." 하고 말하며 노트를 내 몸에 갖다 댔다. 나는 "히엑!" 하고 말하며 몸을 비틀어 피했다.

그렇게 논 뒤 쿠니미 씨가 살짝 진지해졌다.

"키리시마, 알바는 이제 그만두지?"

그런 소릴 아무렇지도 않게 말했다.

식후 인스턴트 커피를 마시고 있을 때의 일이다.

"여친들이 키리시마한테 원하는 건 선물 같은 그런 게 아니잖아."

그 말대로다. 그녀들이 원하는 것은 물질적 만족이 아니다.

"그 가게에서 알바하는 진짜 목적도 이미 달성했고."

쿠니미 씨, 역시 머리가 좋다. 날 완전히 꿰뚫어 보고 있었다.

"이제 볼일도 없는데 알바만 잔뜩 늘려서 애인을 위해 알바하는 자신이란 이미지로 도망쳤다간, 물린다?"

아름다운 것은 아수라니까 하고 쿠니미 씨가 말했다.

"아수라요?"

"타치바나와 하야사카 모두 얇은 가죽, 피부밑에 창백하게 타오르는 격정을 지니고 있을 거야. 그래서 아름다운 거지. 사람은 날붙이를 아름답다고 느끼기도 하잖아? 날카롭거나, 병적이거나, 미친 게 아름다운 법이야."

사람에 따라 일정 이상의 아름다움은 두려움과 같은 뜻일지도 모른다. 동화나 괴담에서도 사람이 아닌 것이 아름답게 그려질 때가 많았다.

아름다운 것은 무섭다. 역설적으로 무서운 것은 아름답다.

"본인들한테 말하면 무지하게 혼날 것 같네요."

"아직 고등학생이니까 귀엽지만 말이지. 뭐, 그것도 호랑이 자식을 보고서 귀엽다고 말하는 거나 마찬가지지만."

그렇게 말하고 쿠니미 씨는 커피 컵을 기울였다.

"키리시마의 퇴직에 건배. 두 사람의 아수라를 깨우지 않도록 열심히 해."

"그러도록 하죠."

장난기 섞인 말투였지만 쿠니미 씨가 말하는 것은 마땅했다.

나는 줄곧 상황에 휘둘려 요즘은 완전히 눈을 돌리고 도망치듯이 아르바이트를 했다. 하지만, 더 두 사람과 마주해야만 한다.

그렇게 생각하고 퇴직을 축하하며 건배하고 있을 때였다.

테이블 위에 놓아둔 스마트폰이 진동을 울렸다. 타치바나 히카리라고 표시되어 있다. 전화가 걸려 온 것이다.

"받아."

쿠니미 씨가 말했다.

"듣자 하니 타치바나, 이제 한계 아냐?"

그 말대로다. 야나기 선배와의 관계를 어떻게 할지, 공유를 끝내는 것도 포함해서 슬슬 제대로 대화를 나누어야 할 최종 국면을 맞이하고 있었다.

그렇게 생각해 통화 버튼을 눌렀으나——.

'시로!'

들려온 것은 히카리(초등학생)라 착각할 정도로 신이 난 타치바나의 목소리였다.

'크리스마스 말인데, 하야사카랑 얘기했어!'

지금 막 하야사카와 함께 있는 모양이다. 놀이공원에서 놀다가 관람차를 탔다고 했다.

대체 어디에 있는 걸까? 싶었지만, 내가 없으면 둘의 사이는 원만하게 풀릴지도 모른다.

'크리스마스는 하야사카, 나는 새해 연휴면 돼.'

"새해 연휴?"

'교토로 여행, 2박 3일이야!'

뒤에서 '2박은 길단 말야~!' 하는 하야사카의 목소리가 들렸다. 타치바나가 '크리스마스는 양보했으니까 괜찮잖아!' 하고 대꾸하고 둘이서 시끄럽게 떠드는 소리가 들리더니 그대로 통화가 끊어졌다.

나는 잠시 스마트폰을 바라본 뒤, 쿠니미 씨를 보고 말했다.

"한계가 온 건 저랑 야나기 선배만인가 봐요."

"그러게."

쿠니미 씨는 내 어깨를 턱 두드리며 말했다.

"일단은, 알바 열심히 해라."

연초에 교토는 비싸거든, 그렇게 말하는 것이었다.

제25화 리갈 하이

“대체 무슨 상황이야? 저게.”
“글쎄?”
옆에 앉은 사카이 아야가 말했다.
“본인한테 물어보지?”
내 시선 끝에는 하야사카가 있었다.
하야사카는 산타 걸 차림으로 남자들에게 둘러싸여 앉아있었다. 짧은 치마에 어깨도 드러냈다. 당연히 주변이 그런 시선으로 보고 있었지만 하야사카는 방긋방긋 웃으며 담소를 나누고 있었다.
“야, 저거, 어깨 닿았지? 분명 닿았어.”
“그야 껄떡거릴 만하지. 저런 귀여운 애가 혼자 있는데.”
12월도 중반을 넘어선 어느 날이었다.
다 같이 크리스마스 파티하자. 교실에서 누군가 그렇게 말했다. 분위기를 잘 타는 녀석들이 그에 찬동했고 마키가 기획을 맡아 반 전체가 말려든 크리스마스 파티를 열게 됐다.
그리하여 우리는 리조트 시설의 파티 룸에 있었다.
처음에는 방에 들어가자마자 여자들 중 일부가 사라졌다. 얼마 뒤 돌아온 그녀들은 코스프레를 하고 있었다. 분위기를 띄우려 했으리라. 메이드, 간호사, 버니 걸, 그리고 아직 한 벌, 의상이 남아있다는 말을 꺼냈다. 메인 중의 메인, 미니스커트 산타 걸.

남자들의 시선이 방 안, 한 여자아이에게 모였다.

하야사카였다.

돌아가는 걸 보니 내가 또 도와줘야겠다는 생각에 나는 거창하게 팔을 풀었다. 그러나――.

"어휴~ 오늘만이다?"

하야사카는 웃으며 받아 든 의상을 갈아입고 돌아왔다.

그리고 지금에 이른다.

방에는 노래방 기계와 다트판, 당구대도 있었지만 대부분이 소파에 앉아 흥겹게 수다를 떨었다. 화제는 역시 코앞까지 다가온 크리스마스였고 여자친구가 없는 남자들이 솔로인 여자에게 몰려들었다.

나와 사카이는 그런 방 안의 모습을 소파 구석에서 바라보고 있었다.

"하야사카 양옆에 있는 거, 다른 학교 남자지?"

"한 사람당 방값을 싸게 내려면 아는 사람 불러도 된댔거든."

"완전히 하야사카 꼬시려는 거지? 저거."

"다른 학교면 차인 뒤에 어색한 것도 생각 안 해도 돼서 세게 나갈 수 있을 테니까. 둘 다 피부가 탄 걸 보면 운동부려나? 번호 따는 거야 당연하고 잘하면 오늘 승부를 보려는 것처럼 공격적인걸."

체격 좋은 남자가 좌우에서 들이댔지만 하야사카는 사람 좋은 웃음을 짓고 있다.

나는 무심코 눈을 돌렸다.

"아~ 아~ 아카네도 참, 저렇게 허벅지를 다 드러내고서. 저러다 만지겠다."

"야, 중계하지 마."

"책상 위에 포키가 있네."

"그건 안 되지!"

"아카네가 먹여주려나 봐."

"손이지? 손으로 먹여주려는 거지?"

"그래도 즐거워 보이네."

운동 잘하는 사람은 멋있더라! 하는 하야사카의 목소리가 들려온다.

나는 무언가 현실 도피할 거리를 찾았다. 가방을 뒤졌지만 아무것도 없었다. 호흡이 가빠지려던 차, 사카이가 시집을 건네주었다. 미야자와 겐지의 '봄과 아수라'. 고맙다, 사카이. 나는 책을 펼쳤다. 아무것도 보고 싶지 않다, 듣고 싶지 않다.

"아, 지금 허벅지 만졌나 봐. 그래도 아카네 웃고 있네."

오늘 중 먼 곳으로 떠나버릴 누이여 진눈깨비가 내려 밖이 요사스레 밝다 진눈깨비를 갖다주세요.

"머리 쓰다듬었다."

"나라고 하는 현상은 가정된 유기 교류 전등!"

"그렇게 질투할 바엔 빨리해버리면 되잖아."

사카이가 그런 소릴 뻔뻔스럽게 말했다. 안경을 쓰고 앞머리를 내린 수수한 모드. 다른 동급생은 설마 사카이가 이런 소릴 할 줄은 꿈에도 모르리라.

"해버리면 아카네, 미친 듯이 키리시마를 좋아하게 될걸. 그러면 다른 남자는 보지도 않을 거라고."

"아니, 그건……."

"타치바나와의 밸런스 때문에? 그래도 키리시마가 들이대지 않으니까 아카네의 자기 긍정감이 낮아져서 저렇게 된 거잖아."

하야사카의 들뜬 목소리.

분위기 잘 탄다는 말에 "에헤헤." 하고 웃고 있다. 그 웃음은 내 앞에서만 짓는 거잖아, 그렇게 생각하고 마는 것은 내 오만인가.

"어휴~ 그런 표정 짓지 마."

사카이가 말했다. 위로해주는 것 같았지만, 목소리는 완전히 신난 톤이었다.

"자, 저걸로 즐거워지라고."

사카이가 테이블을 가리켰다.

휴지 위에 하얀 가루가 조금 쌓여있었다. 이 자리를 띄우기 위해 준비한 것이다.

'행복의 하얀 가루.'

저걸 빨면 머리가 해피하게 날아가 버린다고 한다.

"아니, 이거 누가 봐도 위험한 거잖아. 왜 이런 게 여기 있어?!"

"마키가 준비한 파티 굿즈겠지."

"저렇게 머리 좋고 주변도 잘 살피는 녀석이 이런 거에 손대는 거 아냐? 법망의 틈새를 노린다는 게 딱 저런 거지."

"그러고 보니 교실에서 화학부 부장이랑 계속 얘기하던데."

"진짜잖아……."

무서운 거 맞잖아. 그렇게 생각했을 때였다.

하야사카의 목소리가 들려왔다.

"너무 기분 좋다!"

무심코 보고 말았다. 옆 남자가…… 어깨를 주무르고 있었다.

"키리시마, 편해져."

사카이가 어깨를 두드렸다. 나 원, 요즘 들어 터프한 상황의 연속이다.

잠시만이라도 모든 걸 잊게 해줘.

나는 손가락으로 코를 잡고 한쪽 구멍을 막고는 빨대를 써서 반대편 구멍으로 행복의 하얀 가루를 빨았다.

◇

하야사카가 나 말고 다른 남자와 친하게 지내게 된 건 어제오늘 시작된 일이 아니다. 최근에는 줄곧 저런 느낌이다. 지금까지도 인기가 많았고 타치바나처럼 강하게 남자를 거절한 게 아니니 표면상은 그리 변하지 않았다고도 할 수 있다.

하지만 작고 사소한 변화를 같은 반 남자들은 제대로 느끼고 있었다.

"어째 요즘 하야사카, 좋지 않냐. 마음의 벽이 사라졌다고 해야 하나?"

"맞아. 전에도 친절하긴 했는데 화면 너머에 있다는 느낌이 들었지. 근데 그게――."

"엄청 육감적이게 됐어. 현실 속 여자가 됐다고 해야 하나."

"막, 끌리지."

"체육 끝나고 살짝 땀에 젖어서 헉헉거리는 걸 보기만 해도 미치는 줄 알았다니까."

그런 목소리가 교실 여기저기서 들려온다.

그런 식으로 하야사카는 다른 남자들과 친하게 지내게 됐다.

그것이 전부냐 하면 그뿐이긴 했고 딱히 내게 차가워진 것은 아니었다.

내가 전화를 못 받으면 5분 간격으로 착신 이력이 남았고 만화책을 돌려주려고 역에서 기다리던 하야사카에게 "기다렸지, 미안." 하고 내가 말하면 "아냐, 하나도 안 기다렸어. 고작 4시간인걸." 하고 웃으며 말하곤 했다.

내가 고민하고 있을 때도 하야사카는 상냥했다.

"선배랑 타치바나 때문이지? 힘들겠다."

이동 교실 수업 때 계단 층계참에서 나를 불러세우고 양손을 펼쳤다.

"내가 위로해줄게."

웃는 얼굴로 껴안아서 나도 하야사카의 부드러운 몸과 그 체온에 마음이 놓여 그녀를 얼싸안았다.

"오랜만이다, 키리시마가 안아주는 거. 좋아라."

하야사카는 기뻐하며 내 가슴에 있는 힘껏 얼굴을 들이댔다.

"에헤헤, 침 묻었다."

그렇게 말하고 웃었다.

공유하게 된 이후로 하야사카는 밝아졌고 정서가 안정된 것처럼 보였다. 항상 미소진 얼굴로 웃고 있었다. 그게 언제라 해도.

하지만 그 미소 띤 얼굴이 걱정스러울 때도 있었다.

그날은 공유하는 날, 하야사카 차례였다.

나와 하야사카 모두 아르바이트가 있어서 함께 돌아가기만 하자는 얘기가 되었고 아무도 모르게 손을 잡고서 골목길을 걷고 있었다.

"아무리 그래도 그건 좀 그렇지 않아?"

"뭐가?"

"볼링 가자는 거."

쉬는 시간, 남자들이 하야사카를 볼링 하러 가자고 꼬시고 있었다. 하야사카는 "그래." 하고 승낙했지만, 잘 들어보니 여자는 하야사카 혼자 참가한다는 모양이었다.

돌아가는 길, 내가 그 일을 묻자 "키리시마는 어쩔 수 없다니까~." 하고 하야사카는 걸음을 멈춘 뒤 방긋방긋 웃으며 다시 양손을 벌리고 안겼다.

내가 똑같이 껴안아 주자 하야사카는 내 뒤통수에 손을 대고 자기 어깨에 내 얼굴을 얹혔다.

"옳지, 착하지. 질투했구나?"

하야사카는 내 머리를 쓰다듬으며 귓가에 속삭였다.

"키리시마도 참, 진짜 쓰레기라니까."

"어?"

생각 못 한 말에 나는 깜짝 놀라 얼굴을 뗐다.

하지만 하야사카는 웃는 얼굴로 "왜 그래?" 하고 변함없이 방긋방긋 웃었다.

"괜찮아, 볼링 안 갈 거야. 키리시마가 이렇게 말하는걸. 당연하지."

그렇게 말하고 다시 내 머리를 껴안고 쓰다듬기 시작했다.

잘못 들은 줄 알았다. 쓰레기라고 말했을 때도 무척 밝은 어조였으니까.

그러나——.

"자기는 타치바나한테 푹 빠졌으면서 내가 다른 남자애랑 잠깐 놀러 가려 하면 안 된다니, 키리시마도 참 어쩔 수 없다니까."

그런 소리를, 귓가에 대고 한 것이다.

"손 하나 안 대주고 날 안 봐주니까, 난 그때마다 매력이 없는 걸까 하고 상처 입는데. 난 가치가 없구나, 하고 무너져내리는데."

에헤헤 하고 하야사카가 웃었다.

나는 하야사카를 바라보았다.

하야사카는 역시나 웃는 얼굴로 즐겁게 계속 얘기했다.

"다른 남자애는 날 엄청 가지고 싶다는 얼굴로 봐 주거든? 엄청 만지고 싶어 하거든? 그래서 난 여자로서 가치가 있다는 생각이 들어서, 가치가 있으니까 키리시마 옆에 아직 있을 수 있다고, 그렇게 생각하게 돼. 이 사이클이 너무 좋아서 나 매일이 즐거워!"

최근에는 야나기 선배의 연애 상담을 해주기 위해 같이 카페에 갔다고 한다.

"야나기 선배 있지, 엄청 고민하고 있어. 타치바나를 유혹하고 있대."

선배는 그렇게 현 상황을 흔들지 않으면 타치바나의 마음을 손에 넣을 수 없다.

"그래도 있지, 그렇게 고민하는데 내가 가슴팍이 크게 파인 니트를 입고 가면, 엄청 거기만 바라봐. 웃기지!"

그럼 갈까, 하고 말하길래 다시 하야사카와 손을 잡고 걷기 시작했다.

나는 하야사카에게 무얼 말해야 할지, 뭐라고 말해야 할지 알 수 없었다. 말하는 내용과 기분의 격차를 따라갈 수 없었다.

"나 있지, 키리시마를 너무 좋아하지 않으려고 하고 있어. 부담스러우면 힘들잖아?"

하야사카는 팔을 크게 휘두르며 기분 좋다는 듯이 걸었다.

"그야 두 번째니까. 공유도, 서로 좋아하는 데 억지로 끼게 부탁했을 뿐인걸. 당연히 사양해야지. 상처받아서 엉망진창이 돼도 당연해. 스스로 준비까지 했는데 마지막까지 해주지 않더라도, 문화제 무대에서 키스를 눈앞에서 보란 듯이 해 보여도 불평 못 하지."

괜찮아, 나, 멀쩡해 하고 하야사카가 말했다.

"키리시마가 편할 때 좋을 대로 써줘. 얼마든지 날 상처 줘도 돼. 다른 남자애들이 나한텐 아직 가치가 있다고 금방 알려주니까."

"하지만, 그런 방법은……."

"에헤헤, 키리시마 생각이 맞아. 가끔 이성을 잃어버릴 것만 같은 눈으로 바라보는 남자도 있거든. 이대로 가다간 나, 다른 남자랑 결국 해버릴지도 모르겠다. 결국 당해버릴지도 몰라. 엉망진창으로 당해버릴지도 몰라."

그래도 있지 하고 하야사카가 걸음을 멈추고 무척 요염하고 어른스러운 표정으로 말했다.

만약 그렇게 되더라도——.

"전부, 키리시마 때문이야."

행복의 하얀 가루를 빨자 이제 내 머릿속은 흐물흐물 녹아내려 테이블 위에 놓인 컵이 크게 보였다 작게 보였다가 했고 맥락 없이 요 일주일 사이 먹었던 음식이 사진처럼 순서대로 떠올랐다.

"키리시마, 너무 취했다."

옆에 앉아있던 사카이가 마구 웃어댔다.

"코에 빨대 꽂는 거 잘도 하네."

"영화에서 보면 대개 그러잖아."

"더 평화로운 영화 좀 보지?"

사카이의 입 동작이 무척 느리게 보인다. 방 안 모두의 대화 소리도, 각각 똑똑히 들려온다. 하야사카와 남자들의 목소리도 해상도가 높았다.

하얀 가루 때문인지 감각이 날카로워졌다. 이런 상태로 하야사카와 다른 남자가 사이좋게 지내는 모습을 직시한다면 큰일 날 것이다. 아무것도 듣고 싶지 않았고 보고 싶지 않았다.

나는 그런 생각에 시선을 돌리고 가방에서 이어폰을 꺼내 귀에 꽂았다. 그 순간, 이어폰에서 소리가 홍수처럼 흘러들었다. 뇌에 단자를 찔러넣은 것처럼 다이렉트로 울린다. 가사의 정취가 내 안을 가득 채운다. 뭐야 이게, 굉장하다, 뿅 가네.

"잠깐, 키리시마. 괜찮아?"

"음악이…… 영상으로 보여…… 음악이…… 보여…… 유어 마이 원더월……."

"제대로 맛이 갔네."

사카이가 이어폰을 빼자 나는 돌아왔다.

"굉장한데? 이거. 다음엔 더 중저음이 강한 트랜스로……."

"됐고, 현실을 직시하자고."

얼굴을 붙잡아 하야사카 쪽으로 비틀었다.

다트를 하는 모양이었다. 우리가 이기면 전화번호 알려줘 하고 아까까지 좌우에 있던 다른 학교 남자들의 목소리가 들렸다. 하야사카는 웃고 있었다.

"사카이, 안경 벗자."

"갑자기 왜 그래?"

"사카이가 진심을 발휘하면 저 남자들이 이쪽으로 몰려들지도 모르잖아."

"그런 게 귀찮아서 안경 낀 건데."

그럼에도 내가 "벗어 벗어." 하고 말하자 사카이가 "키리시마한테만이야." 하고 볼을 붉히며 안경을 벗고 앞머리를 쓸어올려 얼굴을 보여주는 게 아닌가. 엄청난 미인이라 이 녀석 진짜로 색기가 굉장하다고 생각하는데 갑자기 "계속 키리시마 찍먹하고 싶었거든." 하는 소릴 꺼내고는 "아카네랑 타치바나는 어린애야, 역시 나 아니겠어?" 하고 말하며 키스를 해 오는 거지. 야, 지금 다들 보잖아 하고 생각하면서도 키스하니 확실히 사카이의 키스는 어른의 키스라 나는 이제 그냥 사카이, 우오오오, 사카이, 우오오, 사카이, 사카이 하는 기분이 들어서——.

"——리시마, 키리시마, 키리시마!"

"으응?"

눈앞에 사카이가 있었다. 빈틈없이 안경을 쓰고 앞머리도 내렸다.

"사카이, 나 지금 뭐 했어?"

"순간 멍 때리던데…… 너무 취했네."

사카이가 웃었다. 뭐야, 망상이었나. 그야 그렇지. 나랑 사카이가 그렇게 될 리가 없다.

"됐고, 얼렁 아카네한테 다녀오지 그래? 키리시마가 하는 말이면 바로 들을걸."

하야사카를 보니 다트 던지는 법을 배우고 있었다. 다트판을 향해 자세를 잡은 하야사카의 팔꿈치를 다른 남자가 만지기도 했다.

"아니, 본인이 좋다는데……."

"키리시마는 이상한 곳에서 이상주의라니까. 자유 의지를 존중하자, 그런 생각이나 하고."

애당초 연애라는 건 상대에게 영향을 주는 거잖아 하고 사카이가 말했다.

"난 손대지 않겠지만, 당신은 있는 그대로 솔직하게 날 좋아해 주세요, 라니 너무 좀 쉽게 생각하는 거 아냐?"

"이 사카이는 엄한걸. 방금 사카이를 돌려줘."

"아카네를 부숴버리고 미치게 할 정도로 키리시마를 좋아하게 만들면 되잖아. 아카네는 그걸 바라는데. 완전히 박살을 내버릴 마지막 트리거, 알고 있지?"

"하지만 그건……."

적어도, 하고 사카이가 말했다.

"아카네와 타치바나는 키리시마를 박살 내서라도 자기 걸로 삼으려고 하고 있을걸."

그리고 그건 야나기 선배도 마찬가지였으며 강한 의지로 타치바나의 현재 상황을 바꾸려 하고 있었다.

"이대로 가다간 아카네랑 타치바나 둘 다 딴 남자한테 뺏긴다?"

하야사카와 눈이 맞았다.

다트판에 수직으로 몸이 향하도록 남자가 양어깨를 붙잡고 서 있는 위치를 조정해주고 있었다.

물론 남자는 다트 따윈 안중에 없이 하야사카를 만지고 싶을 뿐이다. 하야사카도 알고 있다는 느낌이었지만, 날 보고는 "에헤헤." 하고 웃었다.

나는 책상에 놓인 행복의 하얀 가루를 연이어 빨대를 꽂은 코로 흡입했다. 저 높이 날아오른다.

"그런다고 현실은 안 바뀌어."

와일드 스마일 사카이가 말했다.

빌어먹을. 그렇게 생각했다.

다들 제멋대로 행동하고 액셀만 밟아대며 날 도발하려 든다.

그야 나도 그렇게 하고 싶지. 하야사카랑 해서 박살을 낸 다음 미친 듯이 사랑받으면 기분이 끝내줄 거고, 타치바나가 바라는 대로 억지로 해서 박살을 내버리고 인생을 건 사랑을 받으면 최고로 기분 좋을 거란 건 알고 있다. 근데 불가능하잖아, 그건.

누군가와 그렇게 되면 다른 누군가는 무지하게 빡칠 거 아니냐고. 공유해도 된다니, 완전히 말뿐이잖아. 둘 중 하나랑 하면 분명 둘이 싸울 테고, 그러면 정말로 돌이킬 수 없는 싸움이 벌어질 것 같잖아.

그럼 내가 둘 중에 하나를 고르면 된다는 얘기가 되겠지만, 그것도 허락 안 해줄 거 아니냐고. 자신이 선택받지 못할 가능성을 지우려고 억지로 공유하고선, 그래 놓고 키리시마는 양손에 꽃이라 좋겠다니. 지들 멋대로 앞지르기 금지 같은 규칙이나 만들어서 내가 아무것도 안 해준다고 삐지기나 하고.

그보다 애당초 공유가 뭐야? 문화제 끝나고 나도 아무 말 안 했지만 말야.

거기선 나랑 재랑 누가 좋아? 그렇게 고르게 해야 하는 거 아냐?

그게 일반적인 거 아니냐고?

"키리시마가 그런 일반적인 사고방식을 부정했잖아. 영화와 드라마의 사랑에 세뇌당해 순애란 이미지에 취해서 연애하는 녀석들과 난 다르다면서."

사카이, 그렇게 말하지 마. 난 그렇게까지 나쁜 생각을 하는 게 아니야.

"나쁜 거 맞아, 키리시마는. 어떻게 해야 할지 모르겠다는 얼굴을 하고 있지만 연기하는 거잖아? 순진무구한 척. 나쁜 키리시마는 제대로 계획이 있을걸."

다들 자기 멋대로 사랑을 하니까 키리시마도 하고 싶은 대로 하면 된다고 와일드 스마일 사카이가 말했다.

"아카네랑 타치바나 둘 다 부숴버리면 되잖아. 네가 최고다, 널 골랐다, 그렇게 둘한테 말하고 둘과 하고서 둘에게 미친 듯이 사랑받으면 되잖아."

"아니, 둘 중 하나랑 한 시점에서 다른 한쪽이 빠치잖아."

"그냥 타치바나와의 관계를 아카네가 모르게 하고, 아카네와의 관계를 타치바나가 모르게 하면 되는 거 아냐?"

"그거, 지금부턴 못 하잖아."

공유하게 됐고 하야사카에게 "네가 첫 번째야, 널 골랐어." 하고 말한들 타치바나와 매일 손을 맞잡고 등교하면 그 거짓말은 금세 들킨다.

"불가능해."

"불가능하지 않아. 실제로 키리시마한텐 그 계획이 머릿속에 제대로 있지."

듣고 보니── 그렇다.

하야사카와 타치바나가 서로 연락을 주고받지 않고 위치도 떨어져 있으면 나는 타치바나에게 하야사카와 헤어졌다고 말하고 하야사카에겐 타치바나와 헤어졌다고 말한 뒤 둘과 미친 듯이 사랑을 나눌 수 있다. 그런 상황의 가능성은 확실히 존재한다.

"들켰을 때는 키리시마를 진짜 절망적으로, 궁극적으로 가만두지 않겠지만 말이지."

이것은 내가 자기도 모르게 봉인해 둔 계획이다. 사악하기 짝이 없고 내 기분만 좋지, 모두를 부숴버릴 테니까. 쓰레기란 말론 끝나지 않는, 구제할 방도가 없는 사악한 계획.

"나, 진짜 나쁜 짓을 보고 싶거든. 다들 배덕이니 뭐니 말하면서 그렇게 되는 것도 어쩔 수 없다는 듯이 변명을 준비하잖아?

비난받지 않게 도망칠 길을 준비해놓잖아? 그게 아니라 진짜로 오직 자기가 사랑의 열락에 빠지기 위한 사악함의 극치를 보여줘 봐."

해버려, 해버려 하고 하트 비트 사카이가 말한다. 어차피 다들 멋대로 저지르니 키리시마도 해버려 해버려, 궁극 악덕 계획을 저질러버려, 그렇게 말한다.

잠깐만, 너, 진짜로 하트 비트 사카이냐? 내 머릿속을 너무 자세히 아는데?

안 되겠다. 현실과 망상이 구분되지 않는다.

'궁극 악덕 계획.'

아니, 안 된다. 그건 안 돼. 그런 척해, 상황에 휘둘리는 전형적인 몹쓸 남자인 척하며 나쁜 생각이 지나가길 기다려.

내가 행복해지고 상대가 진짜로 행복해지기 위한 사랑을 목표로 하고 있었을 터이다.

아니, 그랬던가?

사카이가 말하는 대로 사랑은 상대에게 큰 영향을 주는 것이고 애당초 상대를 일종의 불행에 빠트리는 것이 사랑이라고 할 수 있을지도 모른다. 이제 난 사랑이 뭔지 모르겠다.

안 돼, 완전히 사고의 세계로 빠져버렸다.

현실과 망상의 경계가 모호하다.

나는 찾았다. 사랑에 대해 이해하기 위한 것, 현실로 돌아가기 위한 것.

그래, 책이다. 책에 적혀 있는 것은 항상 변하지 않는다. 망상에서 현실로 돌아오기 위한 연결 마디. 책은 항상 나를 구해주었다.

나는 찾았다. 처음에 와일드 스마일 사카이가 빌려준 책. 여기 있다, 테이블 아래 떨어져 있었다.

바로 이거지. 미야자와 헤븐 앤드 헬 겐지의 영결의 유작 '사랑과 아수라'.

나는 책을 넘긴다. 굉장해. 글자가 튀어나와 보인다. 그 글자는 내 안구로 뛰어들어 뇌간에 직접 이미지를 때려 박았다.

나는 사랑의 진리를 이해했다.

사람을 사랑한다는 것은 역시나 그 사람에게 사랑받고 싶다는 마음을 동반하는 것이며 사람에게 사랑받기 위해서는 우린 반드시 무언가를 해야 하고 무언가를 한다는 것은 반드시 상대에게 영향을 주는 것이며 그것은 마치 아수라와도 같이 산산이 부숴버리는 수미산의 정상에서 의기양양한 얼굴로 나는 기다리는 자이며 인과 교류 유기와 함께 흐르는 듯한 도철에게 잡아먹힌 세계에서 무간지옥으로 유배온 낭인으로서 삶을 반복하는 켄이라 불리는 사람과 만나 사명관에서 외눈박이 지배인과 바둑을 두고 크시티 가르바와 붉은 소녀를 구하니 들리는 벌레의 울음소리와 수채화의 배경에 그려진 영원한 밤의 아름다움 속에 있는 잔상을 주인도 모르는 묘지의 아쉬움에 중화요리라 부르며 먹는 그 모습은 등불이 비추는 붓의 움직임과 동률의 현의 울림을 연주하며 회천하곤 막고굴에서 인사도 없이 사라지는 허무함을 교사 위에 드러누워 바라보며 우리는 일말의 고요함과 쓸쓸함을 가슴에 품고 줄곧 기다 리 느 먹 으.

◇

정신을 차리니 화장실 칸에서 변기에 수그리고 있었다. 머리가 아프다. 토를 한 것 같진 않다. 배에 아무것도 넣지 않았던 것이 다행이었던 모양이다.

"괜찮아?"

산타 코스프레를 한 하야사카가 내 등을 문질러주고 있었다.

내 의식은 뭉그러진 두부처럼 흐물흐물해 그 하야사카가 환각인지 현실인지 판단할 수 없었다.

"여기, 남자 화장실 아냐?"

"맞아. 걱정돼서 따라왔어. 지금은 아무도 없으니까 괜찮은데, 누가 오면 소리 안 내는 게 좋을 것 같아. 뭐 하는 거냐고 의심 살 거야."

아무래도 그 뒤로 시간은 별로 흐르지 않은 것 같았다.

"키리시마, 사람들 앞에서 랩을 엄청 했어. 키리시마를 응원하는 소리에 웃통까지 벗었다구."

"그런 짓을……."

"그래도 있지, 키리시마, 계속 내 쪽을 바라보더라. 에헤헤."

하야사카는 등 뒤에서 수그린 채 있는 내 머리를 사랑스럽다는 듯이 껴안았다.

"진짜, 키리시마는 어쩔 수 없구나. 약하고, 한심해, 불쌍해."

"잠깐, 너무 도발하지 마, 나, 지금 머릿속이 녹아내릴 것 같으니까."

"그런 소리 해봤자야. 어차피 말뿐이잖아. 키리시마는 아무것도 못 해, 손가락만 빨고 보고 있을 뿐이야, 다른 남자가 날 만져도 보고 있을 수밖에 없다구."

하야사카가 내 귀에 숨결을 불어넣으며 속삭였다.

"내가 하는 알바, 메이드 카페야."

남자가 불편한 걸 극복하고자 그런 곳에서 아르바이트를 하고 있다고 했다.

"꽤, 손님들이 말 걸어줘."

매너가 좋은 손님들뿐이지만, 가끔 있다고 한다.

"저번엔 있지, 중년 아저씨가 '30만 엔에 어때?' 그렇게 속삭이더라. 어디 사장이래."

그 돈, 받으면 어떻게 됐을까? 무슨 짓을 당할까? 그 딱딱한 손가락으로 온몸을 주물럭댈까? 밤새도록 당하려나?

하야사카가 말했다.

난 아직 하얀 가루의 영향이 남아있는지 그 말이 직접 영상으로 머릿속 스크린에 투영됐다.

"꽤 유명한 밴드 멤버도 오거든. 그래서 있지, 묵고 있는 호텔 방 번호를 메모해서 손에 쥐여줘."

갔다간, 무슨 짓을 당할까? 딱 봐도 자존심이 세 보이는 느낌이니까 난폭한 짓을 당할 거야. 이런저런 짓을 당하고, 큰일이 나서, 하지만 책임져주지 않아서, 너덜너덜해지고는, 버림받겠지?

"그리고 있지. 다트를 알려주는 척 몸을 만진 다른 학교 남자 애들 있었잖아? 맞아, 키리시마가 원망스럽다는 듯이 바라보던 두 사람 말야. 그 사람들이 있지, 계속 '여기 나가서 조용한 데 안 갈래?' 하고 꼬셨어."

따라가면 어떻게 될까? 분명, 그런 걸 할 생각일 거야. 앞뒤로 당해서, 망가질 거야. 운동부라 체력도 좋아 보이니까, 계속 당하겠지. 내가 이제 그만하라고 말해도 들어주질 않아서, 매주 불려 가서, 장난감처럼 쓰일 거야.

"마키가 준비한 가루, 나도 잔뜩 핥았어. 핥게 했어. 그랬더니 있지, 나 기분이 둥실둥실거려."

이대로 가면 진짜로 당해버리겠다, 그렇게 하야사카가 말했다.

"키리시마가 아무것도 안 해서 그래. 착한 척해서 그렇다구."

그런 말을 들은 순간이었다.

난 일어서서 하야사카를 벽으로 밀어붙였다.

해도 된단 거야? 진짜로? 그렇게 생각했다.

"앞지르기 금지란 규칙 만든 거, 하야사카랑 타치바나잖아."

"마지막까지 안 하더라도, 달리 할 수 있는 건 잔뜩 있잖아."

하야사카의 젖은 입술이 도발적으로 움직인다.

"응? 그런 얼굴 할 거면 증명해줘. 나한테 가치가 있다고 키리시마가 증명해줘. 키리시마가 날 제대로 좋아한다고 알게 해줘——."

말을 끊고 나는 바닥에 무릎을 꿇고서 하야사카의 치마 속으로 머리를 들이밀었다.
그때였다.
"키, 키리시마, 너무 갑작스러워!"
하야사카가 당황한 목소리를 높였다.
방금까지 요염하게 도발하던 느낌이 뒤로 빠졌다. 역시나 부끄러움이 있는지 완벽하게 나쁜 여자가 되지 못했다. 방금까지 색기를 풍기던 표정도, 평소의 앳된 표정으로 돌아갔다.
"뭐야, 하야사카도 그냥 센 척하고 있던 거잖아."
"아, 아니야! 센 척 안 했단 말야, 키, 키리시마가 안 해주면 나——."
"다른 남자랑 이런 걸 하려고? 할 수 있어?"
"그건……."
안 할 거고, 못 할 거야 하고 하야사카가 눈을 내리깔았다. 결국 허당인 점은 여전했고 다른 남자와 어떻게 될 것이라 말했던 건 전부——.
"키리시마 관심을 끌고 싶었단 말야……."
그런 것치곤 지나쳤다고 내가 말했다. 여기까지 오면——.
"수습이 안 되니까, 하야사카 몸, 즐길 거야."
난 하야사카의 치마 속으로 다시 얼굴을 들이밀려 했다.
"다, 다정하게 해줘, 알았지?"
하야사카가 부끄러워하면서도 그런 소릴 했다. 싫지만은 않은 듯한 그러한 점이 어린아이인 타치바나와의 차이이기도 했다.

“하얀 가루 때문인가, 나도, 어쩐지, 그…… 몸이…… 근질거려…….”

그렇게 말하고 치마를 손가락으로 잡더니 스스로 들어 올렸다.

이것이 현실인지 환각인지 알 수 없었다. 어찌 됐든 우리는 이미 제정신이 아니었고 더는 정신을 차릴 방법이 없어서 이럴 수밖에 없었다.

◇

전부 하얀 가루 때문이다.

현실과 망상의 경계가 모호하다. 마치 꿈이란 걸 알고서 꾸는 꿈 같다.

그리고 꿈속이라면 좋아하는 걸 해야 하겠지.

나는 바닥에 무릎을 꿇고 선 채로 있는 하야사카의 치마 속으로 머리를 넣어 속옷에 얼굴을 묻었다. 하얀 속옷의 감촉을 코끝으로 느낀다. 그리고——.

깊게, 숨을 들이켰다.

“안 돼애, 부끄럽단 말야아.”

하야사카가 울먹이는 목소리로 말했다. 그렇다. 나쁜 여자는 어울리지 않는다. 이렇게 이래저래 적극적으로 나서지만 결국엔 허당스러운 모습을 보이는 점도 좋다.

나는 하야사카가 원래대로 돌아가서 기뻤다.

"미안, 내가 타치바나만 신경 써서 그랬지."

"그, 그보다 그렇게 냄새 맡지 마아."

다리를 좁히는 하야사카. 내 얼굴이 부드러운 허벅지 사이에 꼈다. 최고다.

"그쪽이 도발한 거야. 어떻게 될지 한번 보자고."

나는 계속 숨을 들이켰다. 그때마다 하야사카는 "싫어어." 하고 울먹이며 말했다.

해 버려 해 버려 하고 귓가에서 와일드 스마일 사카이가 말했다. 나는 "응애." 하고 대답했다.

하야사카의 냄새에 취하며 속옷을 혀로 핥았다.

"마, 말도 안 돼. 키, 키리시마, 나, 샤워도 안 했——."

하야사카가 양손으로 내 머리를 덥석 붙잡았다. 나는 상관없이 계속 핥았다.

나는 지옥에 있다. 하야사카의 마음을 만족시키지 못하면 돌아갈 수 없는 지옥이다. 그리고 나는 아수라다. 하야사카와 타치바나가 원한 아수라다.

계속해서 핥는 사이 점점 속옷이 젖어갔다. 내 침이 다가 아니었다.

"키리시마, 이거, 너무, 너무 좋아……."

핥을 때마다 하야사카의 허리가 움직였다. 앞으로 숙이고 도망치려 하길래 나는 허벅지 뒤로 손을 둘러 붙잡았다.

"흐아아아…… 키리시마…… 하으으으……."

하야사카는 완전히 머리가 녹아내린 것처럼 반응했다. 우리는 이미 흐물흐물 녹아내렸다. 하야사카는 허리를 띄우며 내 머리를 끌어안듯이 붙잡고 계속 헐떡였다. 속옷에서 새어 나오기 시작한 물이 허벅지를 흘렀다. 내가 그것을 핥아 올리자 하야사카는 한층 더 커다란 교성을 질렀다.

그때 누군가 화장실로 들어왔다.

나는 서둘러 손가락을 하야사카의 입가로 들고 갔다. 하야사카는 아기처럼 내 손가락을 빨기 시작했고 지르던 교성도 멈췄다. 하야사카의 입속은 뜨겁게 젖어있었다. 쪽쪽 빠는 소리가 울렸지만 들어온 남자 두 사람은 뭐라고 대화를 나누는 중이었으니 이 정도면 괜찮으리라.

"그 하야사카란 애, 진짜 야하지 않냐."

"하고 싶어 죽겠다니까."

들어온 것은 아까까지 하야사카의 옆을 지키던 남자 둘이었다. 볼일을 보며 하야사카에 대한 외설스러운 얘기를 하고 있었다.

"키스하고 싶더라."

남자가 그렇게 말하길래 나는 일어서서 하야사카의 입에서 손가락을 빼고 키스했다.

"막 혀도 집어넣고, 내 혀도 빨게 하고."

남자의 말을 듣고 하야사카는 내 혀를 받아들여 열심히 빨기 시작했다.

"가슴도 콱 잡아보고 싶더라~."

나는 하야사카의 가슴을 난폭하게 붙잡았다.

"아니, 난 빨고 싶은데."

하야사카가 옷을 걷어 올려 브래지어를 풀어 바닥에 떨어뜨렸다. 나는 남자들의 말을 따랐다. 하야사카가 소리 없이 비명을 질렀다.

"그리고 팬티 속을 막 헤집어서."

나는 속옷 안으로 손을 집어넣어 마구 만졌다. 완전히 열이 올라 손가락과 속옷 사이로 물이 흘러 바닥으로 방울방울 떨어졌다.

"그 얼굴로 야하게 헐떡이면 진짜 미칠 거 같지 않냐."

하야사카가 큰 소리로 헐떡이려고 숨을 들이쉬길래 나는 황급히 손수건을 물렸다. 하야사카, 이미 이성이 날아갔다.

그 뒤로도 남자들의 외설스러운 발언을 우리는 그대로 실천했다. 끝까지 하는 것을 제외한 거의 모든 것을 했다.

그들이 화장실을 떠났을 때, 하야사카는 완전히 흐트러져있었다. 산타 옷은 거의 다 벗겨졌고 온몸이 내 침과 하야사카의 그것으로 젖었다.

"너무 좋아. 키리시마가 날 제대로 좋아해 줘서 좋아."

하야사카가 젖은 눈동자로 달라붙었다.

제법 괜찮게 망가졌는데? 하고 와일드 스마일 사카이가 말했다. 시끄러, 난 악마의 마음에 따를 거다. 그리하여 아까 중단했던 것을 수미산의 정상에서 재개했다.

뒤집힌 치마와 젖은 속옷을 옆으로 제쳐 직접 핥았다.

"우와, 굉장해, 키리시마. 이거, 굉장해, 굉장해굉장해굉장해 굉장해."

하야사카가 온몸을 떨었다. 속에서 멈추지 않고 흘러나온다.

"아니야, 나 이렇게 야한 여자애 아니란 말야. 마키가 준비한 이상한 가루 때문에 그래. 그래서 몸이 이상해진 거야."

하야사카가 몸을 움찔거리는 간격이 점점 짧아졌다. 나는 소리를 내며 핥았다.

"올 것 같아, 올 것 같아아."

하지만 거기서 하야사카가 몸을 비틀어 날뛰기 시작했다.

"마지막엔 껴안으면서가 좋아아, 키스하면서가 좋아아."

애처로운 목소리로 그런 소릴 하길래 나는 하던 것을 그만두고 하야사카를 껴안았다. 그리고 하야사카의 오른발을 들어 올려 러브호텔에서 그랬던 것처럼 서로 몸을 맞부딪쳤다. 나는 직전까지 하야사카의 속옷 안을 핥고 있었지만, 하야사카는 전혀 상관없는지 내 입을 탐내기 시작했다. 하나가 되고 싶은 우리에게 경계는 없었다.

"나, 행복해. 키리시마의 애정이 느껴져. 더 느낄래, 더, 더어."

아, 아, 아 하고 하야사카가 교성을 지를 때마다 우리의 이성은 증발했다.

"허리, 안 멈춰어."

하야사카는 내 목에 팔을 두르고 덜컥덜컥 몸을 떨었다.

그때였다.

또, 누군가 화장실로 들어왔다. 나는 움직임을 멈추려 했지만, 하야사카가 "안 멈출 거야, 어쩔 수 없단 말야." 하고 열에 들뜬 듯이 허리를 계속 움직였다.

그리고 커다란 신음을 내기 시작했다.

"하야사카?!"

나는 입에 손수건을 물리려 했지만 하야사카는 어린애가 떼를 쓰듯이 고개를 저었다.

"싫어! 나, 키리시마 여친이란 말야. 여친이라고 말 못 해서 그렇게 됐던 거란 말야!"

하야사카가 숨을 헐떡이며 말했다.

"이대로 끝까지 기분 좋아지자, 응? 그래서 모두한테 들키자. 모두한테 들켜서, 엉망이 되자, 응?"

허리의 움직임이 점점 격렬해졌다.

화장실에 들어온 남자의 발소리가 흐트러진다. 당황한 것이리라.

"키리시마는 타치바나를 배신한 바람둥이가 되겠지? 난 여친 있는 남자랑 화장실에서 그런 짓을 하는 발칙한 여자애가 되겠다. 그래도 되지? 나, 그래도 상관없단 말야. 기분 좋아지자, 응? 우와아, 굉장해, 막 흘러넘쳐어. 같이 망하자. 괜찮아, 모두가 키리시마를 싫어해도 난 괜찮으니까."

하야사카의 허벅지가, 팔이, 목덜미가 점점 땀에 젖어 볼이 홍조를 띠었고, 그리고——.

"키리시마, 키리시마, 키리시마, 키리시마!"

비명에 가까운 목소리로 간다는 소리를 연발하며 하야사카는 믿기 어려울 만큼 몸을 튕겼다. 그 마찰에 나도 시야가 번쩍거릴 만한 쾌감에 휩싸였다.

허리가 불타 끊어질 것 같았고 그 기세를 타고 나는 마지막으로 하야사카의 입에 마구 키스를 하며 가슴을 세게 붙잡았다.

그것도 아주 잠시, 우리는 힘이 빠져 그 자리에 무너져내렸다.

끝났다, 그렇게 생각했다.

화장실 칸 밖에서 일부러 그러는 듯한 헛기침 소리가 들려왔다.

하야사카는 아직 황홀한 표정으로 어리광을 부리듯이 날 향해 손을 뻗고 있었다.

똑똑, 밖에서 화장실 칸의 문을 두드린다.

내 몸을 달구던 열기가 사라지고 완전히 현실로 돌아왔다. 어떻게든 이 상황을 넘길 방법을 생각했지만——.

"잘됐다, 야."

문 너머에서 들려온 목소리는 무척 귀에 익었다.

"들어온 게 나라서."

마키 쇼타였다.

나는 조금 안심했다. 이 남자가 우리 소문을 퍼트리고 다닐 일은 없다. 그나저나, 아무튼, 무척 부끄러운 장면을 목격당했다.

"야, 마키, 뭐라고 해야 하나, 지금 엄청 어색한데."

"그건 내가 할 말이지."

그렇긴 하군.

"아니, 이건 그거 때문이야. 마키가 준비한 행복의 하얀 가루 때문이라고. 그냥 그것 때문에 정신이 나가서 그래."

"그거 말인데."

그 가루는 그냥 장난이었고 약물도 아니었으며 파티 굿즈조차 아니었다고 한다.

“너무 과몰입한 거 아니냐? 너랑 하야사카 정도야, 그걸로 맛 간 거.”

“설마…….”

“그거, 그냥 설탕이거든. 과자 주변에 뿌리는 거.”

“키리시마, 미안해.”

“괜찮다니까.”

등에 달라붙은 하야사카를 질질 끌며 걸었다.

그 뒤로 한차례 말썽이 있었다. 파티 룸으로 돌아가 모임을 파했을 때, 그 남자들이 하야사카를 조금 억지로 2차 가자며 끌고 가려 했다. 손목을 붙잡히자 하야사카가 크게 소란을 피웠다.

‘싫어! 이거 놔! 나 키리시마랑 갈 거야! 그런 거 해도 되는 건 키리시마뿐이란 말야! 아까도 잔뜩 해줬어! 더 해달라고 할 거야!’

도와줘. 키리시마, 키리시마, 그렇게 연발해 ‘설탕에 맛이 갔구나. 아카네는 자기 암시에 걸리기 쉬우니까.’ 하고 사카이가 거들어주었다.

‘키리시마는 타치바나가 있으니 사고 날 일도 없잖아.’

마키도 요령껏 하야사카의 발언을 얼버무려주었다.

나는 저 둘에게 밥이라도 사줘야 하리라.

그렇게 이러쿵저러쿵하다 가게를 나서 인적 없는 골목길로 들어가 찰싹 달라붙은 하야사카를 질질 끌며 돌아가는 길이었다.

"나 있지, 나쁜 여자야."

하야사카가 말했다.

"아무 생각도 안 하는 바보인 줄 알았지? 확실히 그런 면도 있지만, 아니야. 치사한 생각 할 때도 있어."

"다른 남자랑 친하게 지내서 내 관심을 끌려는 거라든가?"

"응. 그래서 주변에 피해를 주다니, 나 진짜 안 되겠다. 이래서 구제 불능인 거겠지. 가치가 없는 거야."

하야사카는 내 등에서 떨어져 옆을 걷기 시작했다. 손을 잡으려 했지만 하야사카는 고개를 저었다.

"나 있지, 다른 남자랑 친하게 지내려고 했던 건 그러면 키리시마에게서 졸업할 수 있지 않을까 하는 마음도 있었어."

난 키리시마에게 피해만 주니까 하고 하야사카가 말했다.

"타치바나랑 키리시마가 서로 좋아하게 되면 난 거리를 둬야 하는데, 그러질 못해서."

그때 깨달았다고 한다.

"나 있지. 머리 한구석으로 계산을 돌리고 있었어. 내가 망가질 것처럼 되면 키리시마는 날 놓으려 하지 않으려고 할 거라든가, 공유하자고 말했을 때도 이러면 아직 옆에 있을 수 있겠다고, 마음속 어딘가로 계산하고 있었어. 난 그런 치사하고 나쁜 여자애야."

그러니까 만약 다른 남자한테 어떻게 되더라도 어쩔 수 없다고 생각했어, 그런 소릴 했다.

"그래서 오늘도 그렇게 돼버린 거야. 진짜, 나 자신이 싫어져. 그러니까, 이제 그만둘게."

"뭘?"

"나쁜 아이로 있는 거."

하야사카는 그 자리에 멈춰서 산뜻하게 웃었다. 그 웃는 얼굴은 마치 처음 만났을 무렵 같았다. 부끄럼을 잘 타지만 조금 발돋움한 느낌의, 평범하고 귀여운 여자아이.

"나, 완전히 나쁜 아이는 못 되겠어. 더 이상 치사한 생각 하기 싫단 말야. 타치바나랑도 친하게 지내고 싶고 키리시마에게 부담도 주기 싫어. 역시 착한 아이일지 몰라. 모두가 이미지를 강요해서 반항했지만, 그 이미지가 맞았던 걸지도 몰라."

키리시마랑 타치바나처럼 태연한 얼굴론 이 사랑을 계속 못 하겠는걸, 그렇게 하야사카는 살짝 쓸쓸한 듯이 웃으며 말했다.

"진짜로 진짜 나쁜 아이가 되기 전에, 엉망진창인 여자아이가 되기 전에, 난 내릴게."

그러니까 키리시마——.

"우리, 크리스마스를 마지막으로 끝내자."

제26화 첫 번째로 좋아해

12월 25일, 오후.

나는 다운재킷을 걸치고 하얀 운동화를 신고서 집을 나섰다.

춥고 바람이 불어 귀가 아프다. 이렇게 기온은 낮았지만 하늘은 쾌청해 눈이 내릴 것 같진 않았다.

손에는 종이 가방이 두 개. 여동생과 같이 고른 크리스마스 선물이다. 하야사카에겐 장갑, 타치바나에겐 머플러. 여동생의 조언을 따랐다.

"이런 건 기본을 따라야 하는 거야. 평소에 하는 것보다 조금 좋은 걸 사서 주면 돼. 꼭 쓸 물건이지만 자기 돈으로 좀처럼 살 수 없는 괜찮은 퀄리티의 브랜드 제품을 선물 받으면 기쁘잖아? 쓸데없이 개성적일 필요 없어."

그렇게 말한 여동생과 같이 백화점에 간 것인데, 여동생도 겁쟁이라 브랜드 숍에 들어갔을 때 내 등 뒤에 숨어버려 결국 내가 점원에게 사정을 설명하고 점원이 말하는 대로 물건을 샀다.

"오빠가 직접 고르는 것보다 분명 좋을걸."

전혀 도움이 되지 못한 여동생에게 식당가에서 크림소다를 사줬다. 돈이 있으니 남에게 해줄 수 있는 것이 늘어난다. 아르바이트하길 잘했다고 생각했다.

크리스마스까지 특별히 한 일이라곤 이 선물을 고르는 정도였고 그밖엔 평범한 나날이었다.

타치바나는 역시나 콩쿠르가 가까워져 학교를 쉬었고 크리스마스에 진짜 타치바나를 보러 오라고 말한 야나기 선배는 그날까진 따로 행동을 벌일 생각이 없어 보였다.

그리고 크리스마스를 마지막으로 끝내자고 말한 하야사카는 무척 평온하게 내게서 멀어지고 있었다. 타치바나가 바빠서 줄곧 '하야사카의 날' 이었지만, 안 만나도 괜찮다고 하야사카에게서 메시지가 왔다. 평소처럼 무리하고 있다는 느낌도 없었다.

교실에서도 조용히 미소를 지으며, 더는 필요 이상으로 남자를 친밀하게 대하지도 않았다.

'24일이랑 25일, 둘 다 알바 넣어버렸어. 25일은 일찍 끝나니까 저녁부터 같이 데이트하자.'

하야사카는 완전히 평범한 여자아이였다. 망가지지도 않았고 정신적으로 병들지도 않았다.

폭풍이 지나가고 찾아온 깨끗한 바다 같았다.

그런 느낌으로 별일 없이 25일이 되어 나는 선물 두 개를 손에 들고 우선 타치바나가 있는 곳으로 향했다.

피아노 관계자와 그 가족, 친구끼리 열리는 크리스마스 파티.

내가 모르는 타치바나.

야나기 선배는 내가 포기하게 하려고 그 타치바나를 보러 오라고 말했다. 나는 갈 생각이 없었다. 타치바나가 상류 사회의

자신을 내게 보여주고 싶지 않아 하는데 그것을 내가 일부러 보러 갈 필요는 없었기 때문이다. 하지만, 가기로 했다.

단순히 기쁘게 해주고 싶었다. 타치바나는 나와 크리스마스를 지내지 못해 무척 풀이 죽어 있었기에 몰래 만나러 가서 선물을 주면 웃어주리라 생각했다.

야나기 선배에게 받은 초대장을 그런 식으로 이용할 셈이었다. 하지만——.

"왜 제가 같이 있는 건데요!"

전철 안에서 하마나미가 절규했다.

"고급 호텔 같은 데를 혼자 어떻게 가."

"이 겁쟁이 치킨이!"

"오호라, 크리스마스엔 역시 치킨이지."

"지금 건 실수라구요!"

하마나미가 분한 듯이 바라본다.

"뭐 어때, 어차피 요시미는 합숙 갔고."

요시미는 진지하게 농구 전국 대회를 노리고 있었고 그 농구부가 25일부터 합숙에 들어갔다. 하마나미와 요시미의 크리스마스는 다른 날 치른다고 한다.

"선물 고르기도 도와줬잖아."

하마나미에게서 요시미에게 줄 선물을 고르는 걸 도와달라는 연락을 받았다. 이를 위해 점심을 지나서부터 함께 가게를 돌았고 겸사겸사 호텔 파티 회장까지 따라와달라고 부탁한 것이다.

"뭐, 좋아요."

하마나미가 말했다.

"신사 숙녀의 사교장은 키리시마 선배와는 연이 없는 곳일 테니까요.

전철이 도착해 도심 한가운데 있는 역에 내렸다. 잠시 걷자 시내에 이렇게 조용한 곳이 있었나 싶을 만큼 고급스러운 동네가 나왔다. 황궁 근처라 그럴지도 모른다.

저녁노을 속에 그 호텔이 있었다. 우리는 호텔 내부로 들어갔다. 금색 로고가 보인다.

"하마나미, 여기가 어디지?"

"선배, 여전히 멍청하시네요. 딱 보면 몰라요? 당연히 뉴욕이죠."

새까만 차가 멈춰 서더니 등을 꼿꼿이 세우고 손에 흰 장갑을 낀 도어맨이 차 문을 열고 여행 가방을 굴리며 지나갔다. 우리는 그런 모습을 곁눈질로 보며 살금살금 입구에서 안으로 들어갔다.

먼저 눈에 들어온 것은 커다란 샹들리에였다. 걸어가면 또각또각 울리는 바닥은 대리석이란 녀석이리라.

"회장은 2층인가 본데."

"선배, 초대장, 거꾸로 들었어요."

샹들리에 아래, 2층으로 이어지는 커다란 계단을 올라갔다. 붉은 융단이 깔려 있어 발소리를 빨아들였다.

회장을 발견했다. 이미 파티가 시작된 것 같아 그대로 들어가려 했다.

하지만 담당 직원에게 클로크 룸은 저쪽이라고 안내받았다.

"선배, 시골 촌뜨기 같네요."
"하마나미도 별다를 거 없잖아."
우리는 상의와 타치바나에게 줄 선물을 제외한 짐을 클로크룸에 맡기고 회장 안으로 들어갔다.
회장은 파티하면 떠오르는 화려한 연회장이 아니었다. 적당한 넓이에 미니멀한 장식. 차분하고 품위 있는 인테리어에서 진짜 고급스러움을 느꼈다.
들어가자마자 보이는 주르륵 늘어선 잔이 간접 조명에 비추어져 빛나고 있었다. 입식 형식에 접시도 놓여 있었다.
벽면 두 개가 L자 모양으로 전면 유리창이 설치되어 있어 조명이 켜진 정원이 보였다.
"저기 타치바나 선배 아니에요?"
하마나미가 말했다.
방구석에 그랜드 피아노가 놓여 있었고 그 주변에서 친구 몇 명과 담소를 나누고 있는 모양이었다. 난 그것이 순간, 타치바나가 맞는지 알 수 없었다.
머리를 올린 데다 어깨 부근에 레이스가 달린 시크한 컬러링의 원피스를 입고 액세서리를 달았기 때문이다. 무척 어른스러워 보였다.
"다들 파티 드레스네요."
하마나미가 자신의 복장을 바라보았다. 나와 쇼핑하는 것이 주목적이었기에 후드 티 차림이었다. 귀여운 캐릭터와 함께 잘 어울렸지만, 아무래도 자리에 어울리지 않았고 그것은 물론 나

도 마찬가지였다.

"나랑 하마나미 후드 티, 컬러풀해서 참 멋있는 것 같아."

"그런 위로 필요 없거든요."

여담으로 이 방에 있는 남자는 모두 재킷을 입고 있었다.

"어서 선물만 주고 돌아갈까."

"그러자구요."

다가가려 한 그때였다.

타치바나가 그랜드 피아노의 의자에 앉아 장난치듯이 피아노를 연주하기 시작했다. 그러자 친구처럼 보이는 여자아이가 옆자리에 앉더니 연탄을 연주했다. 재킷에 슬랙스를 입은 야나기 선배가 근처에서 흐뭇하게 바라보고 있었다.

"당연하지만 이런 세계가 진짜 있었군요."

"클래식 피아노를 진심으로 하려면 돈이 든다니, 그 관계자가 모이면 이렇게 되겠지."

근처에 있는 남녀의 대화가 들려온다. 우리와 동년배로 연말연시를 어떻게 보낼지 얘기하고 있다. 해외 어디서 새해를 맞이한다느니, 그런 식으로.

"알바해서 여친이랑 교토에 가는 거, 전 좋다고 생각해요."

"하마나미는 착하네."

"그야 길 잃은 어린애 같은 얼굴을 하고 있잖아요."

우리가 여기서 말을 걸 수 있는 건 타치바나뿐이지만, 그 타치바나는 이 세계에 완전히 녹아들어 있었다. 물론 내가 말을 걸면 타치바나는 아름다운 머리카락과 옷은 전혀 신경도 쓰지 않고 날 보러 와주겠지만, 다른 사람들은 어떨까.

마치 내가 이물질처럼 느껴졌다.

우리는 아직 방 입구 근처에 멀거니 서 있었고 그곳에는 짐을 올려놓는 테이블이 놓여 있었다. 그 테이블 위에는 앞으로 교환할 것인지, 이미 교환을 마친 것인지, 크리스마스 선물 같은 것이 놓여 있었다.

이번에 크리스마스 선물을 위해 이런저런 조사를 하며 알게 됐다.

내가 타치바나 선물로 산 머플러는 발돋움했다곤 하지만 고등학생이 아르바이트를 해서 살 수 있을 만한 브랜드였다. 하지만 이 방의 테이블 위에 늘어선 종이 가방의 브랜드들은 모두 내 금전 감각으론 어찌할 도리가 없는 것들뿐이었다.

'자기 돈으로 좀처럼 살 수 없는 괜찮은 퀄리티의 브랜드 제품을 선물 받으면 기쁘잖아?'

여동생이 말한 상대가 기뻐할 만한 선물의 정의에서 내가 갖고 온 것은 벗어나 있었다.

내가 준비한 것은 여기에 있는 사람들이 보기엔 품질이 좋은 것도 아니거니와 브랜드 제품도 아니었고 평소 사지 않는 것은 맞지만 그것은 완전히 다른 의미가 되고 말았다.

나는 방을 빙글 둘러본 뒤 다음으로 자신의 더러운 하얀 운동화에 시선을 떨어뜨리고 크게 한숨을 쉬었다.

"선배, 여기에 있으면 안 돼요. 어서 돌아가요."

"그러게."

나는 타치바나를 위해 준비한 선물을 그 테이블 위에 올려놓고 방을 나서려 했다.

그때였다.

"뭐 하러 왔어요?"

타치바나의 여동생, 미유키가 서 있었다. 타치바나처럼 머리를 올렸고 같은 디자인의 색이 다른 원피스를 입고 있었다.

"언니한테 가까이 가지 말아요."

미유키가 날 노려보며 말했다.

"선배, 어째 미움받는 것 같은데요? 뭐 했어요?"

하마나미가 묻길래 "별거 안 했어." 하고 내가 대답했다.

"타치바나를 초등학생으로 만들어서 시로 오빠라고 부르게 했는데——."

"시작부터 이해 불능이야!"

"그때 난 트윈테일과 학교 수영복을 보면 정신이 나가버리는 남자가 되어 있었고——."

"제가 대신 말해드릴까요? 그거, 로리콘이라고 하는 거예요."

"그래서 내가 히카리(초등학생)에게 장난을 치려다가——."

"윤리관의 허들이 너무 낮아!"

"그걸 미유키(중학생)가 봤지."

"트라우마라고요! 아나키야!"

전 전면적으로 동생분 편이에요 하고 하마나미가 미유키 쪽에 섰다.

확실히 그런 장면을 봤으니 겁을 먹은 건 미유키일지도 모른다. 날 보는 그 눈에는 눈물이 살짝 맺혀 있었고 손이 조금 떨리고 있는 데다 정면에서 바라보면서도 몸을 슬쩍 비켜 언제든지 도망칠 수 있는 자세를 취했다.

"하여간, 날 뭐라고 생각하는지."

"로리콘이죠, 당연하잖아요."

나 원, 하마나미는 자비가 없구나.

"언니에겐 약혼자가 있다고요. 이상한 짓 해서 홀리지 말아요."

미유키는 그렇게 말하곤 방금 내가 테이블 위에 올려둔 선물이 든 종이 가방을 들더니 방 밖에 있는 쓰레기통 앞까지 갔다. 그리고 난처한 얼굴로 몇 번이고 머뭇거리면서 쓰레기통 안에 무척 조심스럽게 종이 가방을 넣었다.

남에게 악의를 향하는 것이 서투르기 짝이 없는 모습에서 타치바나 히카리의 여동생이 맞구나 하고 생각했다.

"그, 그만 돌아가 주세요!"

자신이 나쁜 짓을 저질렀다는 자각이 있는 것이리라. 미유키는 한눈에 보기에도 허둥대고 있었다. 더는 그녀에게 혼란을 주고 싶지 않았기에 나는 "미안해.", 그렇게 사과하고 그 자리를 뒤로했다.

밖은 이미 캄캄했다.

호텔을 돌아보았다. 먼 곳이다. SNS 같은 걸 통해 삶이 풍족한 사람들이 있다는 것은 알고 있었다. 하지만 막상 그것을 눈앞에서 보자 그 격차는 상상 이상으로 컸다.

저곳에 있는 그들은 아마도 착한 사람들이라 내가 기죽었단 걸 알면 그야말로 무척 고상하게 위로해줄 것이다.

"선배, 이만 가요."

하마나미는 내 소매를 잡아당기며 역으로 가도록 재촉했다.

"어른이 되면 선배도 이런 곳에서 당당히 있을 수 있게 될 거예요."

"글쎄, 어떨까."

오히려 어른이 되었을 때, 보다 커다란 벽을 느끼게 되는 게 아닐까. 어릴 적이라면 아무것도 느끼지 못했을 것이다.

부실에서 타치바나의 피아노를 벽 너머로 듣던 시절을 떠올렸다.

마키는 날 제이 개츠비 같다고 말했다. 좋아하는 여자가 사는 저택의 불빛을 강 너머에서 바라보며 술을 마시는 남자의 이야기. 남자와 여자 사이엔 크나큰 간극이 있다.

확실히 지금이라면 개츠비의 마음을 이해할 수 있을 것 같았다. 하지만――.

"있잖아, 하마나미, 난 비굴해진 것도 아니고 자신을 불쌍하게 여기는 것도 아니야."

"그래요?"

타치바나가 겉모습이나 남들에게 보이는 체면을 신경 쓰지 않는다는 건 알고 있었다. 말을 걸면 타치바나는 주변은 신경 쓰지도 않고 평소처럼 대화를 나눠줬을 것이다. 연말연시 또한 해외여행에 가는 것보다 아르바이트해 번 돈으로 여자친구와 교토에 가는 게 더 낫지, 그렇게 자신을 설득할 수도 있었다. 나는 딱히 멋을 부리고 싶은 게 아니었기에 저 선물을 당당히 건네주는 것에도 망설임이 없었다.

"그냥, 저기서 그러는 게 무슨 의미가 있나, 싶었을 뿐이지."

"그러세요."

저는 하고 하마나미가 시치미를 뗀 얼굴로 말했다.

"이것저것 고민하는 선배보다 문화제 무대 위에서 바보처럼 키스하거나 로리콘인 선배가 더 좋더라고요."

"나도 그래."

그리고 아마, 타치바나도.

하마나미와는 역에서 헤어졌다. 그 뒤 혼자 전철에 탔을 때, 차창으로 밤의 경치를 바라보며, 이건 야나기 선배한테 한 방 먹었구나, 그렇게 생각했다. 실제로 나는 제대로 풀이 죽고 말았으니까.

그 뒤로 나는 터미널 역에 도착해 개찰구를 나와 붐비는 거리를 걸어 약속한 역 앞 광장의 대형 전광판 아래로 갔다.

스마트폰을 만지작거리며 시간을 보내고 있으니――.

"에헤헤."

누군가 등을 손가락으로 찔렀다. 돌아보니 하야사카가 추위에 볼을 붉히며 웃고 있었다. 숨결도 하얗다. 그리고 하야사카는 내 얼굴을 보더니 밝은 목소리로 말했다.

"그럼 시작할까. 마지막 크리스마스 데이트!"

◇

25일의 메인 이벤트는 하야사카다.

"데이트 계획은 전부 나한테 맡겨줘. 계속 하고 싶었던 게 있거든."

며칠 전, 하야사카가 웃으며 그렇게 말했다.

그리고 당일 밤, 약속 장소에서 만난 뒤 데리고 간 곳은 평범한 패밀리 레스토랑이었다.

확실히 맛있긴 하지만, 오늘은 크리스마스니 조금 더 발돋움을 해도 될 것 같았다.

하지만――.

"으응, 여기면 돼, 여기가 좋아!"

하야사카는 정말로 즐겁다는 듯이 메뉴를 펼쳐놓고 웃었다.

"키리시마, 잔뜩 먹고 체력을 붙여놔야지. 오늘은 아침까지 있을 거니까."

그렇게 말하고 하야사카는 얼굴을 새빨갛게 붉혔다.

"그, 그런 뜻으로 말한 거 아니야! 아침까지 평범하게 놀자는 의미라……."

"말 안 해도 알아."

하야사카는 줄곧 하고 싶었던 이상적인 데이트가 있었는지 오늘 밤은 그걸 한다는 콘셉트였다. 여담으로 내용은 알려주지 않았다.

아마도 무척 건전한 것이리라.

하야사카는 터틀넥 니트에 롱스커트를 입어 피부를 전부 가렸다.

나쁜 아이가 아닌 착한 아이 패션.

그 뒤로 우리는 요리를 주문한 뒤 선물을 교환했다. 하야사카는 바로 포장을 풀고는 장갑을 끼고 기뻐해 주었다.

"좋다~. 마침 괜찮은 장갑이 갖고 싶었거든. 스스로 사긴 좀 힘드니까."

원했던 반응.

"근데 이거, 점원이 골라줬지."

"어떻게 알았어?"

"그야 키리시마가 이렇게 센스 좋을 리 없잖아."

그렇게 말하며 장갑 낀 손을 볼에 대고 하야사카는 줄곧 방긋방긋 웃었다. 여담으로 하야사카가 내게 준 것은 니트 모자였다. 내가 그것을 쓰자 "키리시마가 귀여워졌어~." 하고 또 기뻐했다.

"키리시마, 또 타치바나 때문에 고민했었지?"

하야사카가 말했다.

우리는 식사를 마치고 밤거리를 걷고 있었다.

"괜찮아."

하야사카가 손을 잡았다. 내가 준 장갑을 끼고 있다.

"타치바나는 결국엔 분명, 키리시마한테 갈 거야. 같은 여자니까 알아."

"그럴까?"

"야나기 선배도 속으론 알고 있을걸. 타치바나의 마음은 움직이지 않는단 걸. 그래서 나한테 연애 상담하면서, 가끔 어리광부리듯이 약한 소릴 해."

타치바나를 포기하면 아마도 내 쪽으로 올 거야, 그렇게 하야사카가 말했다.

"야나기 선배한테서 있지, 날 마음에 들어 한다는 분위기가 요즘 더 느껴져."

하야사카는 기뻐 보였다.

처음 만났을 무렵, 야나기 선배와 즐거운 일이 있으면 이런 얼굴로 다음 날 내게 말해주곤 했다.

하지만, 지금은 생각한다.

야나기 선배의 하야사카에 대한 호의는 완전히 두 번째다. 그리고 첫 번째로 좋아하는 것은 타치바나이며, 그로 인해 지금도 나와 경쟁하고 있다.

하야사카는 내게도 야나기 선배에게도 두 번째일 뿐이다.

이렇게나 귀여운데. 이렇게나 매력적인데. 사실은 첫 번째가 될 수 있는 여자아이인데.

이런 상황인데도 야나기 선배가 조금 다정히 대해줬다며 하야사카는 갸륵하게 웃고 있다.

난 뭐라 형용할 수 없는 기분이 들어——.

하야사카를 껴안고 있었다.

"왜 그래? 키리시마."

나는 아무 말도 할 수 없었다. 두 번째는, 내가 시작한 일이니까.

"에헤헤."

하야사카도 날 안아주었다.

"키리시마가 다정해서 좋다."

하야사카가 내 팔 안에서 폴짝 뛰었다.

우리의 마음은 완전히 어긋났다. 나는 하야사카를 당치도 않게 '불쌍하다'며 동정하는 마음으로 안고 말았다. 하지만 하야사카는 내게 안기며 기쁘게 웃었다.

그 모습에 나는 또 슬퍼져서 더 세게 껴안았다. 하야사카는 더욱 기쁜 듯이 얼굴을 비볐다.

"안 돼~ 키리시마, 여기 길가란 말야~."

그 뒤로 하야사카가 데리고 간 곳은 밤샘 상영을 하는 영화관이었다.

우리는 그곳에서 영화를 세 편이나 봤다.

첫 번째는 유행하는 만화 원작 영화였다. 내가 원작을 모른다고 말하자 하야사카도 모른다며 웃었다. 보려는 영화는 뭐든지 상관없는 모양이었다.

"재밌었지. 이해가 안 가는 게 있었는데 나중에 원작 만화 읽어야겠다."

"여전히 성실한걸."

두 번째는 가슴 따뜻한 휴먼 드라마였다. 도중, 심야 12시를 지났을 즈음부터 옆자리에서 자는 소리가 들려왔다. 일단 볼을 찔러 깨워보려 했지만, 하야사카는 졸린 눈으로 고개를 젓고 내 어깨에 머리를 얹은 채 콜콜 잠들었다.

“감동적이었지.”

“엔딩 크래딧이?”

상영 후 하야사카는 만족스럽게 고개를 끄덕이고 있었다.

세 번째는 마피아 영화였다. 아무래도 심야 2시를 지나니 다른 선택지가 없었다.

하야사카는 두 번째 영화 때 잔 덕에 제법 정신이 맑았다. 어린애 같다. 그리고 총격전이 벌어질 때마다 내 손을 강하게 쥐었다.

그렇게 밤새도록 영화를 봤다.

영화관 밖으로 나오자 아직 하늘은 캄캄했다. 전철이 움직이기까지는 시간이 조금 더 남아있었다.

“조금 걷자.”

하야사카가 그렇게 말하길래 아무도 없는 번화가를 걸었다. 평소에는 사람들로 넘쳐나는 곳에 사람이 없으니 어쩐지 신기한 감각이었다.

그리고 25일이 완전히 끝나 있었다.

‘우리, 크리스마스를 마지막으로 끝내자.’

건드리지 않으려 했지만 나는 머릿속으로 하야사카가 며칠 전 말했던 그 말을 줄곧 생각하고 있었다. 하지만 아무리 생각해도 그 말에는 말 그대로의 의미밖에 없었다.

그리고——.

"끝으로 떼 부려도 돼?"
하야사카는 드디어 '끝' 이란 말을 썼다.
"괜찮아."
"반지, 갖고 싶어."
하야사카는 그 난처한 듯한 웃음을 지으며 말했다.
"어릴 적부터 좋아하는 사람한테 반지 받는 게 꿈이었거든."
새벽이라 부를만한 시간대라 당연히 백화점 같은 곳은 열려 있지 않았다. 그래서 우리는 24시간 영업을 하는 잡화점에 들어갔다. 너저분한 가게 안, 향수, 시계와 같이 유리 케이스 안에 반지가 진열되어 있었다.
나는 돌아가는 전철비만 남기고 지갑 안의 전 재산을 털어 반지를 샀다. 대단한 물건은 아니었다. 상자와 보증서도 없이 종이 가방에 담긴 게 전부인 반지였다.
가게를 나온 뒤 또 잠시 걸었지만, 너무 추워서 역에서 첫차를 기다리기로 했다.
승강장의 대기실은 따뜻했고 아무도 없었다.
나는 거기서 방금 산 반지를 종이 가방에서 꺼내 하야사카의 장갑을 벗기고 그녀의 왼손 약지에 끼웠다.
"에헤헤."
하야사카는 만족스럽게 반지를 바라보며 말했다.
"키리시마가 꿈, 전부 이루어줬어."
나는 이제 역 대기실의 쓸쓸한 분위기에 잠식됐다. 이곳은 어딘가로 가기 위한 사람이 잠시 앉기만 할 뿐, 누구도 머무르지 않는다.

"오늘 데이트는 있지, 대학생이 되면 좋아하는 사람과 이런 걸 해보고 싶다고 상상하던 거야."

하야사카는 자신이 고등학생 때 연애하는 게 아니라 대학생 때 연인이 생길 줄 알았다는 모양이다.

그리고 오늘 한 것은 그 미래의, 즐거운 일상 속 한 컷이라고 했다.

"패밀리 레스토랑에서 있지. 수다도 떨고, 그러고 나서 밤새도록 영화를 본 다음, 졸린 눈을 비비면서 서로 감상을 주고받는 거야. 그래서 다음 날 수업을 땡땡이치는 거지."

하야사카는 즐겁다는 듯이 얘기했다.

"그래서 있지, 상상 속 남친은 혼자 살고 있어서, 그 집으로 돌아가 작은 침대에서 같이 자. 난 그 사람 가슴에 안겨서 무척 행복해져.

하지만, 잘 안 되네, 하고 하야사카가 말했다.

"사실은 영화 본 다음 걸으면서 같이 아침 해를 보려고 했거든. 근데 추워서 역으로 들어가 버렸잖아…… 반지도 졸랐고……."

그리고 하야사카는 입을 다물고 말았다.

나도 조용히 깜빡이는 승강장의 전등을 바라봤다. 얼마 뒤, 화물 열차가 통과해 지나갔다.

하늘이 밝아올 무렵, "진짜, 잘 안돼." 하고 하야사카가 중얼거렸다.

"오늘 있지, 끝낼 생각이었어. 키리시마랑 타치바나는 서로

좋아하고 거기에 내가 있는 건 이상한 데다, 키리시마한테 민폐만 주는 걸 알고 있었고 난 머리가 이상해질 것 같아서."

하야사카는 크리스마스를 끝으로 전부 털어내고 "타치바나랑 평생 그러고 살아!" 하며 내게 멋지게 말한 뒤, 그것으로 우리의 관계를 끝내는 모습을 상상했다고 한다.

하지만——.

"못 하겠어, 역시 못 하겠어."

하야사카는 고개를 숙이고 말았다.

"그치만, 키리시마란 말야. 대학생이 됐을 때, 이런 사랑을 하고 싶다고 상상했을 때 상대는, 전부 키리시마란 말야."

못 헤어져, 끝내겠다니, 못 해.

머리카락에 하야사카의 눈이 가려졌지만, 볼을 따라 눈물이 흐르고 있었다.

"미안해, 미안해, 키리시마, 미안해."

말하면 안 된단 건 알아.

이건, 절대 말하면 안 되고 말하지 않으려 했고, 눈치 못 챈 척 했어.

하지만——.

하야사카는 양손으로 얼굴을 덮고 울며 말했다.

"나, 키리시마가 첫 번째로 좋아. 그래서 키리시마랑 평범하게 사귀고 싶어."

◇

새로운 한 주가 시작되자 시내 도로가 얼어붙을 정도로 추웠다.

그래서 나는 하야사카에게 받은 니트 모자를 쓰고 등교했다.

타치바나가 보면 아마 흘겨볼 것 같았지만 쓰지 않으면 쓰지 않는 대로 하야사카가 "이렇게 날이 추운데?" 하고 메마른 웃음을 보내올 것이 틀림없었다.

하지만 둘 사이에 끼는 나날도 이제 끝이다.

'나 아니면 타치바나, 둘 중 하나만 골라줘.'

그날 하야사카가 그렇게 말했다.

'키리시마를 첫 번째로 좋아하게 됐단 말야. 이제 두 번째로 있을 수 없어. 공유 같은 건 못 해. 평범하게 사귀고 싶어.'

선택받지 못할지도 모른다. 그 또한 알고 있다. 하지만 지금 이대론 있을 수 없다.

하야사카는 그렇게 말했다.

그리고 나는 선택하려 한다.

공유는 처음부터 불가능하단 걸 알고 있었으니까. 하야사카와 타치바나 모두 사실은 그런 짓을 하고 싶지 않은 것이 명백했다.

나는, 내가 시작한 사랑의 책임을 질 때가 온 것이다.

하지만 선택한다고 말하면 타치바나는 싫어하겠지. 그렇게 생각했다. 타치바나는 집안 사정 때문에 나와의 장래를 확신하지 못했다. 평범하지 않은 사랑이, 그녀에게는 사정이 좋았다.

실제로 타치바나의 고민은 공유보다도 야나기 선배에게 흔들리는 상황에 대한 당혹감이 더 컸다.

선택한다고 타치바나에게 말하려니 마음이 무거웠다.

어쩔까 생각하며 교문 앞까지 왔을 때였다.

"시로!"

만면의 웃음을 띠고 청춘 타치바나가 날 기다리고 있었다. 신이 잔뜩 나서 내가 하야사카가 준 모자를 쓰고 있는 건 아무래도 좋은 모양이었다. 감이 날카로운 그녀가 눈치채지 못할 리 없었지만, 그 이상으로 기분이 좋았다.

"가방, 교실까지 내가 들어줄게."

"어쩐지 내가 들게 하는 것 같잖아."

"뭐 어때."

타치바나는 내 가방을 들었다. 뭐든 좋으니 내 물건을 지니고 싶은 모양이었다.

"다들 보는데."

"그럼 더 보여줘야겠다."

타치바나가 팔짱을 끼었다. 찰싹 달라붙는 모습에 "저거, 분명 크리스마스에 한 거야."라고 주위의 누군가 말했고, 뭐, 그렇게 생각하는 것도 어쩔 수 없다고 생각했다.

타치바나는 그런 남이 하는 말은 아무래도 좋은 모양이었다. 그 이유는 간단했다.

나는 타치바나의 목으로 시선을 주었다.

붉은 머플러를 감고 있었다.

"시로는 부끄럼쟁이구나."

타치바나는 머플러로 입가를 가리고 냄새를 맡듯이 득의양양하게 숨을 들이켰다.

"동생한테 주고 돌아갔잖아."

결국 미유키는 쓰레기통에 넣은 내 선물을 제대로 건네준 모양이다. 단, 얘기를 들어보니 내게 미안하다는 생각에 그런 것이 아니라 타치바나의 끈기에 져서 건네준 듯싶었다.

그날, 타치바나는 파티가 끝난 뒤로도 계속 그 호텔 로비에서 기다리고 있었다고 한다.

"시로가 와줄 것 같았거든."

두 시간이 지나서야 미유키가 "안경 쓴 사람 왔었어. 선물 맡아둔 거 깜빡했어." 하며 머플러가 든 종이 가방을 건네주었다는 모양이다.

결국 아침에 함께 학교로 들어갈 때 선택한다는 말은 꺼내지 못했다.

쉬는 시간에도, 점심시간에도 말하지 못했다.

내가 선물한 머플러를 목에 감은 채 행복한 얼굴로 자기 자리에 앉아있는 타치바나를 보니 그만 아무 말도 하지 못한 것이다.

타치바나는 그날 줄곧 머플러를 감고 지냈다고 한다. 수업 중에도 벗지 않아 선생님이 주의를 주었지만 "추워서 그래요."라고 하면 될 것을 "남친이 줬단 말이에요."라고 득의양양한 얼굴로 말했다고 타치바나와 같은 반 여학생이 말해주었다. 반성문도 방긋방긋 웃으며 썼다고 한다.

그녀의 기분에 찬물을 끼얹고 싶지 않았다.

하지만, 한쪽을 고르기로 정했으니 말할 수밖에 없었다.

방과 후에 있었던 일이다.

오늘은 타치바나의 날이었고 부실로 가니 그녀가 커피를 내리고 날 기다리고 있었다. 부실에 난방을 틀어 놓았지만 여전히 머플러를 하고 있었다.

내가 소파에 앉자 개가 꼬리를 흔들듯이 반기며 타치바나가 곧장 옆으로 다가왔다.

"오늘은 뭐 할래? 나갈까? 나 부실에 같이 있기만 해도 전혀 상관없어. 굳이 고르라면 그게 더 좋은 것 같아!"

어깨에 머리를 얹는 타치바나.

하지만 내가 하야사카와 나눈 대화, 누구 하나를 선택하기로 했다고 전하자 그녀의 표정이 점점 식어갔다.

"왜, 왜 그런 소릴 해?"

몸을 떨어뜨리며 비에 젖은 길 잃은 강아지 같은 얼굴로 말했다.

"공유하면 되잖아, 시로도 그게 더 좋잖아."

타치바나는 우울해했지만 놀라거나 화내진 않았다.

언젠가 이런 날이 오리란 걸 알고 있었겠지.

"여행은 어떻게 하려고?"

"선택하는 건 여행에서 돌아온 뒤라도 괜찮대."

하야사카가 그렇게 말했다. 크리스마스는 나랑 보냈으니까 라며.

"그러면…… 어떻게 즐겨……."

선택하기로 정한 것. 그것을 여행 뒤에 말하는 것도 고려했다.

하지만 내가 그런 기분으로 여행했단 걸 나중에 아는 것이 더 좋지 않다고 판단했다.

"여행 전에 결론 내는 게 더 좋아?"

"싫어. 여행, 가고 싶단 말야."

타치바나는 그렇게 말하고 서글픈 표정을 지었다.

"나, 아직 아무것도 안 정했어."

"시로는 하야사카를 고를 거야."

왜냐하면 타치바나네 집안 사정은 어쩔 방도가 없으니까. 타치바나의 장래를 생각해 난 하야사카를 고를 것이다. 타치바나는 그렇게 생각했다.

"있잖아, 하야사카를 설득하자. 공유 계속하자, 응? 겉으로 보이는 여친은 하야사카로 해도 되니까. 하야사카를 우선해도 되니까. 나, 참을 테니까."

아직 아무것도 정하지 않았다. 한 번 더 말했지만 타치바나는 내가 하야사카를 고를 것이란 생각을 굽히지 않았다.

"이게 마지막 여행이라니, 싫어."

타치바나는 조금 자제심을 잃었다.

"시로, 진짜 이래도 돼? 이 여행도 못 갈지 모르는데?"

어머니가 반대하고 있다고 했다.

원래 타치바나네 가족은 연초를 가족끼리 지내는 관습이 있다는 모양이다. 그걸 친구와 함께 여행을 가겠다며 밀고 나가려 했는데, 여동생이 사실을 털어놓았다고 했다. 야나기 오빠가 아니라 안경 낀 남자랑 여행 가려는 거래, 그렇게.

"왜 시로랑 가는 걸 들켰을까? 동생한텐 아무 말도 안 했는데……."

나는 테이블 위에 놓인 노트를 보았다. 타치바나가 집에서 만들어왔다고 한 교토 여행을 위한 여행 계획서다.

표지에는 컬러풀한 펜으로 이런 글자를 커다랗게 적어 놓았다.

'시로한테 일방적으로 사랑받으며 도는 고도 여행 ~시로가 하루에 백 번 키스한다~'.

왜 들켰을까? 하고 나는 고개를 갸웃거려 보였다.

"어차피 시로는 '가족끼리는 사이가 좋아야 한다.' 라면서 여행은 그만두자고 말할 거잖아. 우리 집 일이 되면 소심해지니까."

확실히 나는 그런 얘기에는 주저하는 경향이 있었다.

그러나――.

"여행은 가자. 여행 계획서 만들어줘서 고마워."

"이제 못 간단 말야."

"내가 어떻게든 할게."

"어떻게도 못 한다고."

타치바나는 자포자기하듯이 말했다. 약혼 같은 일 때문에 어머니에게 무언가 짚이는 바가 있는 모양이다.

그러나――.

“난, 타치바나네 어머니가 그렇게 고지식한 사람은 아니라고 보는데.”

“시로는 몰라서 그런 소릴 하는 거야.”

“그런가? 여행 갈 수 있게 내가 부탁해볼게.”

“뭐?”

타치바나는 의아한 표정을 지었다. 그리고 뭔가 짐작 가는 것이 있었는지, 눈을 동그랗게 뜨고 말했다.

“시로, 알바 어디서 해?!”

제27화 헤어져!

근래 나는 하야사카와 타치바나, 야나기 선배에게 휘둘리고만 있었다. 하지만 아무런 행동도 취하지 않은 것은 아니었다.

"처음부터 뭔가 있을 줄 알았지. 딸아이랑 학교도 같았고."

가게 주인인 레이 씨는 쿠니미 씨가 따른 호가든 화이트를 마시며 말했다.

"그래도 설마 히카리 남친이었을 줄이야."

아르바이트를 하러 갔다가 폐점한 뒤의 일이다.

직원들은 퇴근했고 우리는 가게 테이블에 앉아 얘기하고 있었다. 쿠니미 씨가 "힘내, 소년." 그렇게 말하고 테이블에 맥주와 토닉 워터를 놓고 가 주었다.

"여행에 대해선 알았어."

그렇게 말하고 테이블 위에 봉투를 놓았다.

"급료를 선지급해줄 테니 우리 애를 이상한 데 재우진 말아줘."

더 무슨 소릴 들을 줄 알았으나 레이 씨는 시원스레 여행에 가는 걸 허락해주었다. 내가 당혹스러워하자 "고등학생이나 된 딸아이 연애에 참견할 정도로 꽉 막히진 않았어." 하고 레이 씨는 쿨하게 말했다.

"그나저나 키리시마는 클래식한걸. 엄한 어머니를 감동적인 연설로 설득할 셈이었어?"

"처음에는요."

타치바나네 어머니가 경영하는 라이브 바의 구인을 보고 곧장 지원했다.

우리의 관계가 복잡해진 원인이 타치바나와 야나기 선배의 약혼에 있다는 사실은 명백했다. 그걸 어떻게든 할 수 있다면 여러 문제가 해결되리라 생각한 것이다.

"그래서, 실제로 나랑 만나보니 어땠어?"

"이미지랑 전혀 다르던데요."

스마트하고 쿨한 사람이었다. 어떤 의미론 타치바나 히카리라는 스페셜한 여자아이의 어머니로서 기대한 대로이긴 했다.

"난 있지, 약혼을 취소해도 된다고 히카리에겐 말했어."

야나기 선배네 아버지의 회사는 부동산을 잔뜩 가지고 있다. 이곳 또한 그러하며 시내에서 내야 하는 임대료치곤 믿을 수 없을 만큼 헐값으로 레이 씨에게 빌려주고 있었다.

"원래 내야 할 돈을 내는 것뿐이니까."

하지만 그렇게 되면 가게 경영에 영향이 간다. 레이 씨는 다른 가게보다 많은 금액을 직원과 무대에 서는 연주가에게 지불하고 있었다. 만약 임대료가 올라 이익이 줄면 그러한 사람들에 대한 지불이 줄어들지도 모르고 3개 있는 가게도 줄여야 할지도 모른다.

“히카리는 어려운 생각은 잘 못하지만, 그런 걸 그만 직감적으로 알아채거든.”

나도 히카리에게 어리광을 부리고 있었는지도 모르지, 하고 레이 씨가 말했다.

“그래도 그런 전제는 전부 사라졌어. 이제 리스크 없이 약혼을 취소할 수 있어.”

“네?”

못 들었구나, 하고 레이 씨가 말했다.

“야나기가 아버지를 설득했어. 히카리와의 결혼 여부와 관계없이 이 가게는 낮은 임대료를 유지해 달라고.”

그 말은 즉――.

“히카리는 이제 자유 연애를 해도 돼. 단, 야나기에겐 큰 빚을 지게 되겠지만.”

엄마로서 딸을 이런 상황에 두게 된 걸 미안하게 생각해. 물론 너한테도 그렇고, 하고 레이 씨가 말했다.

“하지만 살다 보면 이런 일은 일어나는 법이야.”

“왠지 모르게, 알 것 같아요.”

그런데 이건 물어봐 두고 싶었는데 하고 레이 씨가 말했다.

“이제 히카리랑 키리시마 사이엔 기본적으로 가로막는 게 아무것도 없는 셈인데, 넌 정말로 히카리를 연인으로 선택해줄 거니?”

레이 씨의 유리구슬 같은 눈동자가 날 바라본다. 마치 모든 것을 꿰뚫어 보고 있는 것 같아 역시 이 사람은 타치바나의 어머니구나 하고 생각했다. 그리고 타치바나보다 훨씬 어른이기에 더는 무슨 말을 할 생각이 없어 보였다.

"마음대로 하면 돼. 너희 사랑이니까. 히카리도 야나기가 이렇게까지 했으니 흔들리지 않을 리도 없을 테고."

어찌 됐든 하고 레이 씨가 일어서며 내 어깨에 손을 올리고 말했다.

"딸아이를 울리지 마."

◇

12월 31일, 새해 전날.

거실 코타츠에서 타치바나가 홍백가합전을 보며 귤을 먹고 있었다.

"우와, 타치바나 언니, 오빠랑 먹는 법이 똑같네!"

함께 코타츠에 들어간 여동생이 타치바나의 손을 보며 말했다.

"흰 부분은 전부 떼야 맛있어."

타치바나는 부지런히 귤을 입으로 옮겼다. 평화로운 광경이다. 새해 첫날부터 여행을 핑계 삼아 여행 가방을 끌고 타치바나가 우리 집으로 미리 찾아온 것이다. 꼼꼼하게 내 체육복을 입고서 코타츠에 들어가 우리 집에 녹아들어 있었다.

"나도 귤 먹을까."

그렇게 말하고 나도 코타츠로 들어가 귤을 먹으며 텔레비전을 봤다. 나와 타치바나 사이엔 대화가 별로 없었다.

"혹시, 나 방해돼?"

여동생이 물어서 타치바나는 고개를 저으며 장난치듯이 여동생을 껴안아 쓰러뜨렸다.

"타치바나 언니 냄새 좋다~."

여동생이 기쁜 듯이 말했다.

그런 식으로 게으르게 시간을 보내다 보니 한 해가 끝날 시간이 다가왔다.

"새해 참배 다녀오지 그러니?"

엄마가 그렇게 말하길래 계속 빈둥거리는 것도 좀 그래서 나는 서둘러 준비했다.

동생이 "단둘이 있게 해줄게~." 그런 소릴 했다.

"시로, 잠바 빌려줘."

"상관은 없는데, 자기 거 있잖아."

타치바나는 그 말에는 대답하지 않고 내 손에서 다운재킷을 받아들었다.

밖은 꽤 추웠다. 하지만 새해 첫날인 만큼 인파가 많았다. 다들 근처 신사로 향하고 있다. 신사에 봉납하기 위한 낡은 파마의 화살을 든 사람도 있었다.

타치바나와 손을 잡고 걸었다. 출발이 늦었던 만큼 걷는 사이 새해가 되었고 우리는 서로에게 "새해 복 많이 받아."라고 말했다.

신사에서 줄을 선 뒤 방울을 울리고 손뼉을 쳐 기도를 올렸다.

하지만 내가 새해 참배를 온 것은 이런 걸 하기 위해서라기보다, 어쩐지 예감이 들었기 때문이다. 그리고 그 예감은 적중했다.

"새해 복 많이 받아."

그렇게 말을 걸어온 것은――.

야나기 선배였다.

그리고 선배의 얼굴을 본 순간, 타치바나는 알기 쉽게 동요했다. 난처한 얼굴을 한 뒤 표정이 사라졌고 어쩔 줄 모르겠다는 듯이 눈을 굳게 감았다.

그 모습에 야나기 선배의 표정이 서글퍼졌다.

"당혹스럽지, 미안해."

그렇다. 타치바나는 당혹스러워하고 있었다.

야나기 선배는 아버지를 설득해 약혼을 취소하고 타치바나를 자유롭게 풀어주었다. 그리고 그녀에게 말했다. 자유로워졌어도 나와 함께 있어달라고.

타치바나는 더 이상 뭘 하든 불리하지 않았다.

"딱히 상관없어. 나와 만나기 싫다면 그렇게 하면 돼. 배려할 필요 전혀 없어."

선배가 말했다.

하지만 타치바나는 그럴 수 없을 것이다. 선배 덕에 불편 없는 삶을 약속받았는데 선배를 지독하게 차버리고 다른 남자와 행복해지는 자신을 쉽게 받아들일 수 있느냐 묻는다면, 그렇지 않았다.

그러기에 타치바나는 너무 착했고 선배에 대한 호의가 너무 커졌다.

"난 어딘가 얕보고 있었어."

꼴사납지, 그렇게 선배가 말했다.

"어릴 적부터 뭐든 1등이었어. 공부도 운동도, 노력하지 않아도 남들보다 잘했지. 웃고 있기만 해도 친구가 생겼고 여자들도 좋아해 줬어. 다쳐서 축구는 포기했지만, 또 다른 길에서 성공할 수 있을 거라 생각했어."

사랑도 그런 감각이었다고 한다.

"히카리도 그런 식으로 어떻게든 될 줄 알았지. 사람 마음은 공부와 운동처럼 되지 않는데. 그런 것도 몰랐던 거야."

그래서 부쉈다고 한다. 자신을, 약혼이라는 족쇄를.

"있잖아, 히카리. 난 구제할 방도가 없는 남자였지만, 이러면 이제 너와 대등해졌을까?"

"저기……."

타치바나는 무슨 말을 하려다가 내 얼굴을 보고 입을 다물고 말았다.

선배는 "괜찮아." 그렇게 말하면서도 분명한 어조로 말했다.

"특별히 강요할 생각은 없어. 그냥, 정말 조금이라도 내게 호의가 있다면, 가능성이 있다면, 부디 진지하게 생각해줘."

타치바나를 바라보는 선배의 눈동자에는 강한 의지가 깃들어 있었다.

"난 히카리를 좋아해. 약혼자 같은 게 아니라, 연인이 되어줘으면 좋겠어."

마치 이야기 속 주인공 같다. 올곧고 순수하며 심지어 자기희생적이다.

타치바나가 머리카락 끝을 만지작거렸다. 동요했을 때의 버릇이다.

"여행 간다며? 돌아와서라도 괜찮아. 나, 계속 기다릴 테니까."

선배는 그렇게 말하고 자리를 떠났다. 날 향해 무언가 말하고 싶은 것처럼 보였지만, 일부러 말하지 않기로 한 모양이다. 타치바나 앞에선, 좋아하는 여자 앞에선 하고 싶지 않은 말이자 보이고 싶지 않은 얼굴이었을 것이다.

떠나며 내게 보낸 시선에는 친밀함 하나 보이지 않아 더 이상 내가 야나기 선배와 어깨를 나란히 할 일이 없다는 것을 직감했다.

우리는 그 뒤로 아무 일도 없었던 것처럼 운세 제비를 뽑아 묶어놓고 귀로에 올랐다.

"……시로."

타치바나가 손을 잡으며 기대었다.

"날 선택해줘. 그러면 그냥, 부서질 테니까."

아무런 생각도 안 할 테니까.

시로만 볼 테니까.

그러니까, 선택해줘.

그렇게, 말하는 것이었다.

◇

"시로, 창가 앉아도 돼."

"난 통로 쪽이면 돼. 타치바나 그런 거 좋아하잖아."

타치바나는 앳된 모습이 잔뜩 남아있는 여자아이였다. 창가는 분명 나보다 좋아할 것이다.

"시로가 어른인 척해…… 응애 주제에……."

그렇게 말하면서도 타치바나는 창가에 앉았고 신칸센이 승강장에서 출발하자 발을 파닥거리며 창밖을 바라보았다.

새해 첫날, 교토로 향하는 도카이도 신칸센에서 있었던 일이다.

다들 귀성을 마친 시기라 열차 안은 무척 한산했다.

시즈오카쯤까진 순조로웠다. 날이 무척 맑아 우리는 후지산을 봤다며 함께 신나 했다. 그러나 나고야 즈음부터 열차가 서행하게 됐다.

눈이 내려 쌓이기 시작한 것이다.

특히 마이바라 부근에 눈이 쌓인 탓에 지연된다는 안내 방송이 흘렀다.

창문으로 보이는 눈 내리는 풍경은 몹시 정취를 자극했고 우리는 세상에 단둘이 남은 듯한 기분이 들어 '마지막 여행' 이란 분위기가 흐르는 걸 막을 수 없었다.

나는 누굴 선택할지, 아직 정하지 않았다.

하지만 어쩐지 소복소복 내리는 눈이 우리의 여행길에 쓸쓸한 색을 더했다.

생각하지 않을 수가 없었다.

이 여행이 끝나면 나는 하야사카, 아니면 타치바나와 헤어져 둘 중 하나와 평범한 연인 사이가 될 것이다. 잔뜩 뒤틀린 끝에 여러 사건이 끝나 정리되어간다. 그런 사이클의 최종 국면에 와 있었다.

겨울 방학에 들어가기 직전, 하야사카가 교실에서 말했다.

"꼭 돌아와 줘. 돌아와서, 그러고 나서, 날 선택해줘."

하야사카는 평소처럼 난처한 듯한 얼굴로 밝게 웃고 있었다.

"키리시마랑 타치바나가 서로 좋아하는 건 알아. 그래도 날 선택해줘. 무슨 소린지 모르겠지. 그래도, 그래도 그렇게 해줬으면 좋겠어."

기다릴 테니까. 믿고 있을 테니까. 그렇게 하야사카는 기도하듯이 내 교복 자락을 붙잡고 있었다.

나는 여태껏 타치바나네 집안 사정 때문이라며, 그것을 핑계 삼아 타치바나와 하야사카, 둘과 많은 짓을 저질렀다.

하지만 타치바나네 집안 사정은 야나기 선배의 손에 의해 깨끗하게 정리되고 말았다.

그렇다면 타치바나와 함께 있는 길을 선택하고 하야사카와는 헤어지는 것이 순리이다. 머리론 이해하고 있다. 그러나 지금까지 하야사카를 포기하지 않았던 것은 정말로, 처음에 예정했던 대로 첫 번째 사랑이 이루어지지 않았을 때의 보험이라는 이

유뿐일까.

나는 타치바나를 골랐을 때를 상상해봤다.

떠오르는 것은 하야사카가 다른 남자에게 안긴 장면이었다. 그것은 야나기 선배일지도 모르고, 불특정 다수의 남자일지도 모른다.

싫다, 그렇게 생각했다.

그리고 그렇게 생각하고 말 정도로 내 머릿속은 침식당했다.

전에 하야사카가 내게 불어넣은 이미지에――.

어찌 됐든 둘 중 하나를 고른다는 것은 심각한 문제였다. 첫 번째로 좋아하는 것은 타치바나였지만 내가 하야사카에게 순수하게 커다란 호의와 비뚤어진 독점욕을 가지고 있다는 걸 인정하지 않을 수가 없었다.

그렇다, 비뚤어진 독점욕――.

"시로."

정신을 차리니 타치바나가 옆에서 내 소매를 잡아당기고 있었다.

"그만하자, 그런 거."

나와 타치바나는 뭐든지 상성이 좋아서, 그래서 무슨 생각을 하는지 어렴풋이 전해지고 만다.

하지만 그렇기에 타치바나의 고민도 알 수 있었다.

야나기 선배가 이렇게까지 해줬는데. 그럼 자유로워졌으니 안녕이라니, 그런 게 가능할까?

감동했지? 호의를 품고 있지?

야나기 선배와 하야사카에게 큰 상처를 주고, 그러면서도 나와 연인으로서 사귈 수 있겠어?

나는 타치바나에게 그것을 묻는 시선을 던졌다.

오히려 타치바나야말로 나와 끝내겠다고 생각하는 거 아니야?

그렇다. 타치바나는 틀림없이 날 좋아했고 날 이해하고 있었다. 그렇기에, 의사소통이 완벽한 우리이기에 서로를 좋아하지만 주변을 위해 포기하자, 그런 것도 가능했다.

마지막 여행이란 감각은 타치바나의 마음 깊숙이까지 영향을 미치고 있을지도 모른다.

"생각하는 거, 그만두자."

타치바나가 또 강아지 같은 표정으로 말했다.

"여행 중엔 아무 생각도 하지 말고 즐거운 마음으로 있자, 응?"

그런 타치바나의 시선 끝에는 차내 판매 카트가 있었다.

마침 중년 아저씨가 불러세우던 참이다.

신칸센, 차내 판매, 아저씨, 즐거운 마음――.

"절대 안 돼."

"시로는 깍쟁이야."

하지만 내가 화장실에 갔다가 돌아오자――.

"왜 샀어!"

당당하게 맥주와 오징어를 손에 들고 있었다.

"이걸로 신날래."

"그보다 어떻게 샀어? 차내 판매하는 이모가 안 팔 텐데."

타치바나는 아무리 봐도 미성년자다.

"오빠가 사 놓으라 했다고 그랬어. 돌아올 때까지 안 사 놓으면 맞는다고, 집에 가면 혼난다고, 그랬더니 팔아줬어."

"막 나간단 말이지."

푸식 하는 소리가 났다.

"잠깐."

기다리라고 말할 새도 없이 타치바나는 양손에 맥주 캔을 쥐고 결심한 듯이 눈을 굳게 감고서 꿀꺽꿀꺽 목을 울리며 마시기 시작했다.

"——푸하앗!"

나 원. 나는 좌석에 앉아 한숨을 쉬고 각오를 굳혔다.

타치바나의 볼이 점점 붉게 물든다.

그리고——.

"시로!!"

얼굴을 잔뜩 구기며 내게 달라붙더니 흔들어댔다.

"날 버리지 마~! 뭐든지 할게, 뭐든지 할 테니까아!"

술에서 깨면 타치바나를 캐묻자.

취하면 우는 주제에 왜 맥주를 마시면 신날 것이라 생각했는지.

신칸센은 몹시 지연되어 교토역에 도착했다. 세워놨던 일정이 무너져 우선 교토역에서 가까운 도지(東寺)사의 사천왕 입상과 삼십삼간당의 천수관음상을 보러 갔다.

"계획서까지 만들어줬는데 말이지."

“딱히 상관없어. 시로랑 같이 있으면 뭐든 좋아.”

맥주 때문에 곧잘 훌쩍이게 된 타치바나의 손을 끌고 눈 내린 시내를 걸었다.

해가 져 라멘을 먹고 버스에 올라 시가지를 빠져나갔다.

교토에서도 북쪽, 커다란 강이 흐르고 다리가 걸린, 산의 쓸쓸한 분위기가 느껴지는 곳에 우리가 묵을 여관이 있었다. 전통 가옥을 이용한 온천 민박집. 문을 지나가고 정원을 통과해 안채로 들어갔다.

체크인은 타치바나가 했다. 익숙한 손놀림으로 무언가 적더니 레이 씨가 사인해 준 미성년자 숙박 동의서를 건넸다.

방까지는 젊은 직원의 안내를 받았다.

여관을 설명해주는 직원은 무척 기품 있고 당당했지만 우리의 얼굴을 보곤 그 눈동자에 살짝 호기심이 어렸다.

고등학생처럼 보이는 남녀가 여관에 묵으려 하는 것이니, 그 심정도 이해가 갔다.

그리고 타치바나는 뭘 얼버무리려고 생각한 건지 갑자기 내 소매를 붙잡고 말했다.

“시로 오빠…….”

아니, 그건 억지스럽지.

직원은 나와 타치바나의 얼굴을 보고 고개를 갸웃거렸다.

“오빠, 방에 들어가면 히카리 이빨 닦아줘.”

직원의 눈이 휘둥그레졌다.

“응? 또 히카리가 토할 때까지 괴롭힐 거야?”

직원이 경악한 표정으로 날 본다.

"히카리, 오빠가 너무 좋아. 때려도 괴롭혀도 벌줘도 너무 좋아. 그러니까…… 버리지 마."

직원은 우리를 방까지 안내한 뒤 도망치듯이 사라졌다.

"타치바나, 장난이 심했어."

"그런 건 장난 축에도 안 들어가."

방에도 욕실이 있었지만 모처럼이니 목욕탕으로 갔다.

노천 온천탕에 들어가 뻗어 나온 나뭇가지 위에 쌓인 눈이 목욕물로 떨어지는 모습을 줄곧 바라보고 있었다.

긴 목욕을 마치고 방에 돌아오자 유카타 차림의 타치바나는 이미 이불에 들어가 있었다. 일어나 있지만, 아무 말도 하고 싶지 않다. 그런 뒷모습이었다.

나도 내일 준비를 하고 방 불을 보조등으로 바꾼 뒤 이불 속으로 들어갔다.

다다미 위에 깔린 이불 두 개는 아주 살짝 떨어져 있었다.

타치바나는 변함없이 등을 돌린 채다.

여행 계획은 타치바나가 들떠있을 때 세운 것이라 2박 3일이나 된다. 하지만 우리는 제대로 즐기지 못하고 있었다. 아무리 애를 써도 앞일을 생각하며 고민에 빠지고 만다.

아까처럼 잠시라면 코미컬해질 수 있지만, 밤, 잠들 시간이 되면 무엇 하나 얼버무릴 수 없다.

나는 그저 천장을 계속 바라보고 있었다.

이윽고 잠이 들려던 때 타치바나의 어깨가 떨리는 것을 눈치챘다. 난방은 제대로 틀어져 있었다.

나는 타치바나의 이불로 들어가 그녀를 뒤에서 껴안았다.

타치바나는 소리를 죽이고 울고 있었다. 울면서 스마트폰 화면을 넘기며 사진을 보고 있다. 전부 다 나와 함께 찍은 것들이었다.

가을부터 겨울에 걸쳐 청춘 모드였을 때 찍은 것들이다.

시치미를 뚝 떼고 손가락으로 브이를 그리는 두 사람. 생크림을 볼에 묻힌 채 크레이프를 먹는 두 사람. 관람차를 탄 두 사람. 오늘 내가 신칸센에서 자고 있을 때 찍은 사진도 있다.

타치바나는 그것들을 본 뒤, 머리맡에 스마트폰을 두고 내 쪽으로 돌아 껴안더니 키스를 했다. 열심히, 몇 번이고 입술을 들이민다.

애걸하는 듯한 키스였다.

쿨하고 자신감 넘치는 타치바나가 울며 애걸하듯이 키스하고 있었다.

조르는 듯한 표정에서 무슨 말을 하고 싶은지 절실히 느껴졌다.

그리고 나는 손에 쥐고 있던 걸 타치바나에게 보여주었다.

그것은 나의 치사함과 비겁함의 상징, 쓰레기의 증명.

작은 콘돔 상자.

타치바나는 그것을 보고 애달픈 표정으로 말했다.

"전부 없었던 셈 치면 돼. 그러니까——."

◇

아무 생각도 하고 싶지 않다.

나도 타치바나와 마음이 같았고 이 여행은 완전한 도피였다. 아는 이가 없는 토지에서 눈 내리는 밤, 이불 속에서 좋아하는 사람의 따스함을 느낀다.

서로의 유카타를 벗기고 우리는 껴안았다.

타치바나의 부드러운 피부를 느낀다. 등을 쓰다듬고 허벅지를 쓰다듬는다. 타치바나가 애달픈 숨결을 흘리며 원하듯이 혀를 내민다. 나는 그 혀를 받아들인다.

세게 껴안으니 몸 이곳저곳이 닿았다.

순진한 타치바나는 순간 놀라 몸을 경직시켰지만 이내 무언가 결의한 듯한 얼굴로 매달리듯이 강하게 껴안았다.

타치바나가 키스하며 허리를 꺾으며 강하게 들이민다.

우린 더더욱 겹치고 싶었다. 흘러넘칠 듯한 사랑이란 감정을 전부 상대에게 전하고 싶었다.

입을 떼자 침이 실을 그렸다.

이제, 아무것도 없었다. 우리에겐 지금이 전부였다.

이불을 젖혀 타치바나의 전신을 본다. 창으로 들어오는 밤 빛에 비친 몸은 놀랄 만큼 하얗고 아름다웠다. 늘씬하게 뻗은 손발과 군살 하나 없는 배. 난방을 세게 틀어 놓아 그런지 살짝 땀이 뱄다.

타치바나는 온몸을 빠짐없이 바라보는 시선에 부끄러운 듯이 몸을 꼬았다. 하지만 그녀가 몸을 숨길 곳은 어디에도 없었다.

나는 타치바나의 다리와 다리 사이에 내 몸을 밀어 넣고 그녀를 덮어 눌렀다. 그리고 타치바나의 등으로 손을 둘러 후크를 풀었다.

여태껏 타치바나는 연애 게임을 핑계 삼아 나와 그런 짓을 벌였다. 하지만 속은 순수하기에 직접적인 행위는 한 적이 없다.

지금도 부끄럽다는 듯이 옆을 향하고 말았다. 하지만――.

전부 만져줘.

그렇게 작은 소리로 말하고 베개에 얼굴을 묻었다.

나는 타치바나의 가슴을 충동적으로 핥았다. 혀로 튕기자 타치바나의 몸이 활처럼 휘었다.

내 몸 아래에서 타치바나의 하얀 몸이 꿈틀거린다.

내게만 보여주는 흐트러진 모습.

그런 타치바나를 더 보고 싶어서 나는 가슴을 만지고 계속 핥았다.

타치바나는 시트를 세게 움켜쥐며 몸을 비틀고 허리를 띄우길 되풀이했다.

난 타치바나를 좋아한다. 민감한 점도 본인의 의사와는 관계없이 천박할 만큼 젖어버리는 점도.

소리가 되지 않는 교성이 이어지고 타치바나의 피부가 뜨겁게 달궈졌을 때 난 젖어서 색이 변한 그 속옷에 손을 댔다.

타치바나가 반사적으로 내 양손을 강하게 쥐었다.

한동안 그러고 있었지만 이윽고 타치바나는 조용히 그 손을 뗐다.

우리는 알몸이 되어 다시 한번 서로를 꼬옥 껴안고 키스를 했다. 몸을 들이대고 비비며 상대의 피부를 느꼈다.

그리고 나는 몸을 일으켜 콘돔을 하나 꺼내 끼웠다.

타치바나는 입가에 손을 대고 몸을 움츠리고 있었다. 하지만 내가 다가가 살짝 다리를 벌리자 전혀 저항하지 않았다.

부끄러우니까 너무 보지 마.

그렇게 말하는 타치바나의 표정은 정말로 소녀 같았다.

나는 타치바나에게 바짝 다가갔다.

타치바나가 긴장한 것을 알 수 있었다.

나는 이제 멈추지 않는다. 타치바나 안으로 들어가고 싶었다. 타치바나를 내 것으로 삼고 싶었다. 누구에게도 넘겨주고 싶지 않았고 욕망을 부딪치고 싶었고 타치바나가 다시는 울지 않아도 될 정도로 나의 좋아한다는 감정을 전하고 싶었다.

가라앉듯이 안으로 들어간다. 부드러웠던 것은 처음뿐이었다. 젖은 덕에 밀면 안으로 들어갔지만 너무 좁아 되미는 듯한 압박감이 있었고 안으로 들어가면 갈수록 비집고 들어가는 감각이 느껴져 걱정스러웠다.

타치바나는 감각이 예민했다.

아픈 듯이 미간을 찌푸리고 있었다.

나는 무심코 멈추고 말았다. 하지만 타치바나는 아파하면서도 고개를 저었다.

그래서 나는 좁은 그곳에서 되밀려나지 않도록 강하게 타치바나에게 허리를 들이밀었다.
타치바나의 안까지 들어갔다.
여자아이의 안으로 완전히 들어갔다는 감각이 있었다. 그것은 무척 기분이 좋고 육체뿐만 아니라 모든 것을 받아들여 주었다는 정신적 쾌감이 있었다.
타치바나는 감격한 표정으로 말했다.
아파.
그렇게 말하며 눈꼬리에 눈물이 맺힌 채 날 정말 온 힘으로 껴안았다.
한동안 움직이지 않고 그대로 타치바나의 숨과 고동을 느꼈다.
조금이라도 움직이면 타치바나가 아픈 것처럼 표정을 찡그렸기 때문이다.
하지만——.
타치바나는 괴로운 표정을 지으면서도 말했다.

"기분 좋아지고 싶은 게 아니야."

그렇다.
우리는 서로를 정말로 좋아해서, 하지만 이것이 마지막 여행이 될지도 몰라서, 더 서로의 감정을 확인하고 싶어서, 이 감정의 증거나 흔적을 서로에게 남기고 싶어서, 서로에게 상처를 주듯이 안아주고 싶었다.

그래서 나는 움직였다.

타치바나가 아파하며 내 등에 손톱을 세웠다. 하지만 나는 계속 움직였다. 타치바나가 이렇게나 아파하는데 나는 그 젖었지만 강하게 압박해오는 감촉이 그저 기분 좋았다. 곧 쾌감이 전신으로 퍼져갔다.

머리에, 전신에 열이 오른다.

그 순간은 곧 찾아왔다.

터무니없는 쾌감이었다. 나는 무심코 소리를 흘리며 타치바나를 세게 껴안았다. 시야가 번쩍이며 타치바나를 좋아한다는 감정이 거세게 전신으로 밀려 들어오는 것만 같았다. 좋아해 좋아해 좋아해 좋아해, 자신의 몸이 너무나도 크게 떨리고 머리가 쇼트를 일으킨 것처럼 되어 타치바나의 하얀 목덜미를 깨물었다. 더 깨물어줘, 타치바나가 그렇게 말해 나는 더 세게 깨물었다.

타치바나의 등뼈가 부러지는 게 아닐까 싶을 만큼 세게 안았다. 타치바나는 신음을 흘리면서도 내 허리 뒤로 다리를 교차시켰다.

우리는 강하게 이어졌다.

시야와 의식이 선명하게 돌아왔을 때, 나는 힘이 빠진 채 타치바나에게 안겨있었다.

타치바나는 내 머리를 안고 내 쇄골과 목덜미에 줄곧 키스를 되풀이했다.

쾌감의 여운 속에서 타치바나가 귓가에 대고 말했다.

나, 시로의 여자가 돼버렸어.
망가져 버렸어——.

◇

이틀째, 아침에 일어나서부터 타치바나는 나와 한마디도 말을 나눠주지 않았다.
줄곧 입을 다문 채다. 코트에 롱 부츠라는 여행 복장은 어제와 변함없었지만, 뉴스보이 캡을 깊게 눌러써 얼굴도 보여주지 않았다. 하지만 내가 슬슬 출발할까라든가, 아침 먹으러 가자라고 말하면 고개를 끄덕이며 하는 말에는 뭐든지 따랐다.
관광을 시작하고선 조금 말하게 됐다.
"버스로 갈까?"
"…………좋아해."
"전철도 가나 본데."
"…………좋아해."
우선 타치바나가 만든 여행 계획서에 적혀 있는 곳을 돌았다.
타치바나는 줄곧 내 팔에 달라붙어 있었다. 얼굴을 보고 싶어 모자를 살짝 들면 "흐이익!" 하고 괴상한 소리를 내며 모자를 뺏어 다시 깊게 눌러쓰곤 "부끄러우니까 보지 마!" 하고 화를 냈다.
이런 느낌으로 기요미즈데라를 돌고 산넨자카를 걸으며 향을 사기도 했다.

그날 밤, 나는 이불에 들어가 곧 잠에 빠져들었다. 또 하고 싶다는 생각을 안 한 건 아니지만, 어젯밤 타치바나가 그렇게나 아파했고 부끄러워서 얼굴도 못 보게 됐기에 오늘은 하지 않으리라 생각했던 것이다.

하지만 심야, 꾸벅꾸벅 졸다가 깨니 타치바나가 내 이불 속에 있었다.

내 위에 올라타 내 목덜미와 가슴팍에 열심히 키스를 하고 있었다. 그리고 내가 일어난 것을 깨닫자 표정이 조르는 듯이 변했다.

타치바나는 이미 속옷 차림이었다.

순간 스위치가 켜진 나는 타치바나를 밑에 깔고 있었다.

타치바나는 기대에 찬 시선으로 날 보며 "해줘." 하고 말했다.

나는 타치바나에게 키스를 하고 몸을 만졌다. 느끼기 쉬운 그녀는 그것만으로도 또 허리를 띄웠다.

목덜미에 어제 깨문 흔적이 남아있었고 피가 맺혀 있었다. 나는 "미안해." 하고 사과하며 그곳을 핥았다.

"괜찮아, 기뻤으니까……."

우리는 강하게 서로를 껴안았다.

어제의 쾌감을 떠올리고 나는 또 금세 하고 싶어졌다. 타치바나는 그것을 깨닫고 "괜찮아." 하고 말했다. 속옷을 벗겨 보니 타치바나는 이미 준비를 마친 상태였다.

"시로가 내 이불로 안 와주고…… 잘 깨지도 않길래……."

손가락으로, 하고 있었다고 한다.

나는 다시 타치바나 속으로 가라앉았다. 변함없이 좁고 압박감이 들었다.

전부 들어갔을 때 타치바나의 표정은 아프다기보다도 괴롭다는 느낌이었다.

"시로가 들어온 게 느껴져…… 안에서 전부 느껴져……."

나는 더 이상 타치바나를 아프게 하고 싶지 않아 처음엔 거의 움직이지 않았다.

이어진 채 서로 껴안고 키스를 하며 가슴을 만지거나 귀를 핥곤 했다.

그리고 그 뒤, 무척 천천히 움직였다.

타치바나는 괴로운 표정에서 만족스러운 표정으로 바뀌었다.

"시로, 좋아해."

우리는 아주 깊숙이 서로를 안았다.

그렇다.

우리는 서로를 좋아하고 그 감정을 전하고 싶어서 껴안지만 안아주는 것만으론 전혀 만족할 수 없을 만큼 좋아해서, 부족하다는 것을 전하고 싶어 더욱 키스를 하고, 이러한 행위에도 나선다. 이 행위는 불건전한 것도, 꺼릴 만한 것도 아니다.

무척 숭고한 행위다. 그렇게, 생각했다.

그렇게 둘이서 감정을 확인하듯이 서로를 만지고 있을 때였다.

타치바나에게 변화가 나타났다.

황홀한 표정이 되어 숨결에 달콤한 것이 섞여들었다. 나는 무심코 강하게 움직이고 말았다.

그러자 타치바나는 더더욱 황홀한 표정이 되어 헐떡이기 시작했다.

타치바나의 선정적인 모습에 나는 무심코 세게 방아를 찧었다.

물소리가 났다.

타치바나가 새된 목소리를 지른다.

나는 방금 이 행위를 숭고한 것이라 생각했다. 하지만 더 특별하고 더 돌이킬 수 없는 것일지도 모른다.

그런 순간의 사고는 간단히 쾌락에 덧씌워졌다.

타치바나는 자신의 그곳이 내는 물소리를 트리거 삼아 완전히 스위치가 켜졌는지 내 몸 아래에 있으면서 스스로 허리를 움직이기 시작했다.

평소라면 "아니야, 허리가 멋대로……." 하고 말할 법했지만, 타치바나는 이미 이성을 잃었다.

"시로…… 좋아해…… 아, 앗…… 좋아, 시로……아……."

잠꼬대처럼 되풀이한다.

몇 번이고 몸을 튕겼고 그 간격이 점점 짧아져, 동시에 날 강하게 압박했다.

그리고——.

타치바나는 한층 더 새된 소리를 지르며 온몸을 떨었다. 그 떨림이 그곳을 통해 내게 직접 전해져서 터무니없는 쾌감의 파도가 밀려왔다.

어젯밤, 내게 찾아온 것이 타치바나에게도 찾아온 것이라 생각했다.

그래서——.

나는 더욱더 세게 움직였다.

"시로! 안 돼! 지금, 움직이지 마!"

더 하면 이상해져 하고 타치바나는 비명에 가깝게 헐떡이는 소리를 높였다.

이상해지길 바랐다. 부서지길 바랐다.

나만의 여자아이가 되길 바랐다. 이 여행 뒤에 어떻게 될 것인가, 그런 생각을 하다니 주제를 알라는 겉만 번지르르한 생각은 아무래도 좋았다.

나는 인간이자 감정이었다.

나는 내 아래서 몸을 비트는 타치바나를 억누르고 귓가에 말했다.

"내 여자 맞지?"

타치바나는 헐떡이며 몇 번이고 고개를 주억거리곤 시로 여자야 하고 말했다.

"좋아하는 건, 나뿐이지?"

타치바나는 몸을 떨면서 다시 몇 번이고 고개를 주억거리곤 시로만 좋아해 하고 말했다.

나는 더 이상 참을 수 없었다.

쾌감이 밑에서 치고 올라온다.

그리고 어제와 똑같은 쾌감의 홍수에 휩쓸렸다.

둘이 함께 방에 설치된 욕실에 들어갔다.
작지만 편백나무 욕조인 제대로 된 온천이었다.
타치바나는 내게 안겨 줄곧 멍한 표정을 짓고 있었다. 이따금 내 쪽으로 고개를 돌려 가볍게 입을 맞추곤 멍한 표정으로 돌아갔다.
젖은 검은 머리, 물방울이 하얀 목덜미를 따라 흐른다.
목욕물에 따뜻하게 데워진 피부가 부드럽다.
아름다워 줄곧 보고 있을 수 있다.
"있지, 시로."
타치바나는 내게 기댄 채 말했다.

"나, 이제 못 떨어져. 시로한테 미쳐버렸으니까."

돌아가는 신칸센, 타치바나는 줄곧 내게 기대어 있었다.
무릎 위에서 자기도 하고 몸을 일으켰나 싶더니 내 목덜미를 가볍게 깨물거나 내 손을 양손으로 쥐고 이따금 손가락도 물고, 아무튼 내 몸 어딘가를 계속 만졌다.
신칸센이 도쿄에 가까워지면서 나는 이후의 일에 대해 생각하려 했다.
이 여행이 순간적이란 사실은 명백했다.
'전부 없었던 셈 치면 돼.'

타치바나는 그렇게 말했지만, 밤에 있었던 그 일을 없었던 일로 할 수 있을까.

우리는 이전과 결정적으로 달라지고 만 게 아닐까.

그것을 전제로 두고 이후 어떻게 해야 할지 생각하려 했다.

하지만 어젯밤의 달콤한 기억의 잔향 때문에 좀처럼 생각이 정리되지 않았다.

그러는 사이 신칸센이 도쿄역에 도착했다.

타치바나의 여행 가방을 밀며 승강장을 걸었다. 정작 타치바나는 내 팔을 껴안고 줄곧 달라붙어 있었다.

"있지, 시로."

타치바나가 고개를 들고 말했다.

"이다음 우리 집 안 갈래? 엄마, 늦게까지 집에 안 오니까……."

그런 대화를 나누던 때였다.

승강장에서 낯익은 사람의 모습을 발견했다.

캐러멜색 피 코트를 입은 귀여운 여자아이.

그녀는 우리를 발견하곤 이쪽으로 다가왔다.

하야사카였다.

"미안해."

평소처럼 난처한 듯이 웃어 보이며 말했다.

"어쩐지 불안해서. 이대로 키리시마랑 타치바나 모두 어딘가로 가버릴 것만 같았거든."

그래서 입장권만 구매해 승강장으로 들어와 우리가 돌아오길 기다렸다고 한다.

“그리고 역시 애가 탔다고 해야 하나? 알잖아, 키리시마가 돌아오면 선택해줄 테니까……. 만약 키리시마가 이미 정했으면, 빨리 결과를 알고 싶——.”

거기서 하야사카의 말이 도중에 끊겼다.

나와 타치바나의 얼굴을 보더니 팔짱 낀 팔에 시선을 주었고 그때는 이미 표정이 사라진 상태였다.

그리고 감정 없는 목소리로 말했다.

“했구나.”

시간이 멈춘 듯한 감각.

타치바나가 꼬옥 내 팔을 더욱더 세게 쥐었다.

하야사카의 공허한 눈동자가 그 팔짱 낀 팔로 향했다.

“……난 바보야.”

바보에 얼간이 같은 여자야, 그렇게 하야사카가 말했다.

“하지만, 알아. 그런 거, 나도 모르게 알게 되거든.”

그리고 하야사카는 또 난처하게 웃어 보였다.

“키리시마도 참, 왜 했을까? 나랑은 전혀 안 해줬으면서.”

목소리는 밝지만, 무척 무리하고 있다.

그래서 고개를 숙이고 말았다.

“너무해. 둘 다, 너무해.”

앞머리가 늘어져 그 표정을 살필 수 없었다.

나는 그녀에게 무언가 말을 걸려고 한 걸음 다가가려 했지만,

타치바나가 내 팔을 붙잡고 놓아주지 않았다. 마치 가지 말라고 말하는 것 같았다.

하야사카는 한동안 입을 다물고 있다가 살짝 내던지듯이 말했다.

"뭐, 무슨 상관이람."

분위기가 날카로워진다.

"타치바나랑 키리시마가 해도 딱히 상관없다고 생각했었어. 진짜야. 아예 빨리해버리라고까지 생각했거든."

왜냐하면——.

"페널티가 있잖아. 앞지르기 금지 페널티."

그것은 줄곧 내게 가르쳐주지 않았던 두 사람의 약속.

"좋겠네. 좋아하는 사람과 둘 다 처음 한 거니까. 난 이제 못 하겠지. 타치바나가 해버렸으니까. 평생 첫 번째가 못 될 거야. 그래도 괜찮아. 그거 양보해줄게."

그러니까 대신——.

"약속 지켜줘. 타치바나, 제대로 약속 지켜줘."

하야사카가 억양 없이 말했다.

타치바나는 내 뒤로 숨듯이 한 걸음 물러섰다.

난 무슨 소릴 하는지 알 수 없었다. 하지만 둘 사이엔 통하고 있었다.

"키리시마, 이제 선택 안 해도 돼." 하고 하야사카가 말했다.

"무슨 뜻이야?"

"정해졌거든. 타치바나가 앞질렀으니까, 이제 선택 안 해도 돼, 정해졌어."

앞지르기 금지 페널티는 있지, 하고 하야사카가 말했다.

"헤어져야 해. 앞지른 쪽이 키리시마랑 헤어지기로 약속했어. 그러니까 타치바나는 키리시마랑 헤어져야 해."

약속 지켜줘.

그렇게 말하며 고개를 든 하야사카는 울고 있었다.

눈에서 주륵주륵 눈물을 흘리며 코를 삼키며 무언가 말하려 했지만, 오열이 뒤섞여 아무 말도 할 수 없어 어린아이처럼 울고 있었다.

하지만 힘을 쥐어짜 타치바나에게 말했다.

약속했잖아.

키리시마랑 헤어져.

"지금 당장 헤어져!"

계속

후기

독자 여러분, 안녕하세요, 작가인 니시 죠요입니다.

3권도 구매해주셔서 정말로 감사합니다.

하야사카아~ 그런 느낌이 돼버렸죠.

아마도 하야사카는 타치바나가 여행에 가서 앞지를 것을 예감하고 있었고 그럼에도 키리시마가 자기 것이 된다면 상관없다고 생각했던 게 아닐까요?

살을 내어주고 뼈를 자르는 작전이죠.

하지만 명백하게 살뿐 아니라 뼈까지 내어주고 말았으니 돌이킬 수 없는 일을 저질러버린 것 같습니다.

다름 아닌 하야사카가 가장 '연인끼리 하는 것' 에 중점을 두고 있었으니까요.

이렇게 예상이 어설프기에 허당이라고 할 수 있겠죠.

한편 타치바나는 토를 했네요.

두 번째 여친에서 구토 히로인이 탄생할 줄이야, 상정 외였습니다.

귀엽다고 할 수 있는 범위라고 생각하니 독자 여러분께선 따뜻한 눈으로 지켜봐 주셨으면 합니다.

자 그럼, 4권은 어떻게 될까요?

두 여자아이의 날카로운 감정이 필시 격돌하게 될까요?

쓰는 것이 두렵습니다.

어떻게 좀 해줘, 키리시마. 그런 심정입니다.

키리시마는 쓰면서 무척 재미있는 남자입니다. 머리론 생각만 잔뜩 하지만 금세 실패하고 여자아이에게 희롱당하죠. 그런 상황에서 우물쭈물 고민하나 싶더니 아기가 되거나 행복의 하얀 가루를 코로 빨아 뿅 가거나, 쓸데없이 분위기를 잘 탑니다.

주인공으로서 더할 나위 없이 활약하고 있다고 생각합니다.

평범한 사람이라면 비주얼은 1등급이라 해도 아수라 같은 감정을 휘두르는 두 여자아이가 양손을 잡아당기면 맨발로 도망치지 않을까요?

그리고 키리시마의 특징은 강한 긍정력이라고 느꼈습니다.

하야사카에게 청초한 이미지와 갭이 있어도 있는 그대로를 받아들여 주고 타치바나의 마음이 야나기 쪽으로 흔들려도 그럴 수도 있지 하고 받아들입니다. 타치바나를 책망하지 않으면서도 자기 속에 질투란 감정이 있다는 사실을 확실히 인정하죠.

긍정할 수 있다는 건 훌륭한 미덕이라고 봅니다.

하야사카와 타치바나가 키리시마를 좋아하는 것은 그런 부분 때문이 아닐까요.

무슨 일에도 낙관적이고 긍정적인 인물은 시대와 무관하게 호감이 가니까요.

두 여자아이가 키리시마를 좋아하는 것에 작가는 위화감이 들지 않습니다.

그런 것도 여자아이는 잘생겼다든가 돈이 많다든가 패션이 훌륭하다든가 하는 스펙 같은 부분을 생각보다 신경 쓰지 않는 사람이 많은 것 같거든요.

방송이라면 이러한 의견이 공감이 쉽게 가고 재미있어 크게 다루어지지만, 많은 여자아이가 실제로는 딱히 그 정도까지는 바라지 않는 것처럼 속이 넓은 사람이 많다는 인상을 받습니다.

그러면 여자아이는 어떤 남자를 좋아하는가, 그것은 주변을 둘러보면 '어쩐지 미워할 수 없는 녀석' 이 해당할 것 같습니다. 착하다든가 올바르다든가, 트라우마를 해결해야 한다는 것과는 무관한, 그저 자연스럽고 잘은 모르겠지만 긍정적인 녀석이요.

즉, 키리시마입니다.(웃음)

학교 수영복을 입고 어린애가 되는 정신 나간 짓을 저질러도 "아주 말괄량이 초등학생이로군." 하는 한마디로 넘어가는 남자는 여자아이가 보기에 무척 마음이 놓이지 않을까요? 함께 있으면 편하다는 건 그야말로 이런 게 아닐까 싶습니다.

뭐, 작가에 의한 주인공 옹호가 많이 포함되어 있으니 이 키리시마 인기남 이론은 헛소리라고 생각해 주셔도 전혀 상관없습니다.

어찌 됐든 이야기가 성립되는 건 오로지 긍정의 힘에 의한 것입니다.

키리시마도 그렇고 하야사카와 타치바나 모두, 자신들에게 생긴 감정과 관계성이 세간에서 부정 받을만한 것이라 할지라도 "그래서 어쩌라고?"라는 듯이 자신의 감정을 솔직하게 인정하죠.

4권도 키리시마를 포함한 등장인물들의 긍정적인 힘에 의지해 그들의 마음과 행동을 있는 그대로 적어나가고자 합니다.

아직 한 글자도 적지 않았지만, 부디 기대해주시기 바랍니다.

그러면 이제 감사 인사입니다.

담당 편집자님, 전격 문고 여러분, 교열 담당자님, 디자이너님, 책을 진열해주신 서점 여러분, 특전을 끼워 주신 직원 여러분, 이 책에 관여해주신 모든 분께 감사드립니다.

그리고 Re타케 선생님, 이번에도 멋진 일러스트 감사합니다!

1권, 2권에 최고의 일러스트를 그려주셨는데, 나아가 이번 3권의 표지까지!

귀엽고 색기가 있는 게 다가 아니라, 어딘지 모르게 풍기는 불온한 분위기까지 표현되어 감격했습니다. 공존하는 기품과 아찔한 분위기, 그야말로 세상에 하나뿐인 일러스트라 기뻤습니다. 정말로 감사합니다!

마지막으로 독자 여러분, 거듭 감사의 말씀을 드립니다!

독자 여러분은 틀림없이 긍정의 힘을 가지고 계십니다. 이 불건전하고 부도덕한 이야기를 받아들여 주신 넓은 마음에 그저 감사할 따름입니다.

키리시마와 등장인물들의 점점 속도를 더해가는 이야기에 한동안 계속해서 어울려주시면 감사하겠습니다.

선을 넘어버린 라이트노벨, 두 번째 여친을 앞으로도 잘 부탁드립니다!

니시 죠요

나는 두 번째 여친이라도 괜찮아 3

2024년 01월 25일 제1판 인쇄
2024년 02월 05일 제1판 발행

지음 니시 죠요
일러스트 Re타케

발행 영상출판미디어(주)
등록번호 제 2002-000003호
주소 07551 서울특별시 강서구 양천로 570 NH서울타워 19층
대표전화 02-2013-5665

ISBN 979-11-380-4144-7
ISBN 979-11-380-2961-2 (세트)

WATASHI, NIBAMME NO KANOJO DE IIKARA. Vol.3
©Joyo Nishi 2022
Edited by 전격문고
First published in Japan in 2022 by KADOKAWA CORPORATION, Tokyo.
Korean translation rights arranged with KADOKAWA CORPORATION, Tokyo.
through Korea Copyright Center Inc.

이 책의 한국어판 저작권은 영상출판미디어(주)에 있습니다.
저작권법으로 한국 내에서 보호를 받는 저작물이므로 무단 전재와 무단 복제를 금합니다.

구매 시 파손된 도서는 구매처에서 교환하실 수 있습니다.
기타 불편사항, 문의사항이 있으신 독자님께서는 노블엔진 홈페이지 [http://novelengine.com] 에서
Q&A 게시판을 이용해 주시기 바랍니다.

노블엔진(NOVEL ENGINE)은 영상출판미디어(주)의 라이트노벨 및 관련서적 브랜드입니다.